廣播社

ブロードキャスト

湊佳苗

目錄

序章

中學三年級，在最後一次有機會進入全國比賽的驛站接力賽的縣賽中，以十八秒之差，輸給了第一名隊伍這件事，成為我當時人生中最懊惱的經驗。

我是第三棒，從跑第一名的隊友手上接過接力帶，並在維持第一名的狀態下交給了第四棒的選手。在交出接力帶的同時，內心湧現了終於完成了使命的成就感，沒想到當最後的跑者以第二名衝向終點時，我內心不斷產生了「如果、如果」的假設性後悔。

驛站接力賽的路線總共分成六個區段，每個區段分別是三公里。第一個懊惱，就是如果每個隊友可以縮短三秒鐘，不知道該有多好。這並不是異想天開的假設，如果所有隊友都像在地區選拔賽時一樣，發揮出突破個人紀錄的實力，不要說縮短十八秒，甚至能夠以快一分多鐘的成績獲得優勝。

我個人的成績比個人最佳紀錄慢了五秒，但那是僅次於個人最佳紀錄的好成績，我對自己在不熟悉的路線，能夠跑出這樣不錯的成績感到很滿意。

我相信其他隊友也和我一樣，沒有人的狀況特別不理想，換句話說，每個人縮短三秒鐘並非不可能的任務。包括我在內，沒有任何隊友在跑完自己的區段後，就累癱在地上站不起來。

雖然這些想法一直在自己的腦袋裡打轉，但是如果聽到田徑社的顧問老師，或是其他隊友說這種話，就會超不爽。

回程的遊覽車上，聽到一個從我坐的座位上，只能看到他後腦勺的老頭在說同樣的話，就覺得好像心臟被人用力揪緊般喘不過氣，嘴裡都有點發苦。

只是來加油的老頭不要一副自以為很懂的樣子說風涼話。什麼以秒為單位的落後，根本就像是誤差範圍，只要在終點之前不顧一切地往前衝，搞不好可以反敗為勝。你自己去跑一趟，才有資格來對我們說這種話。

我很希望有人這樣去嗆那個老頭，所以東張西望起來，結果和通道另一側，坐在那個老頭旁的山岸良太對上了眼。

說這種話會不會太過分？我用下巴指了指那個老頭，良太對我舉起一隻手表示道歉，然後轉頭對那個老頭說：

「爸爸，你別說了。」

他是良太的爸爸？良太爸爸聽到兒子的提醒後，尷尬地咳了一下，故意舉起手伸了一個懶腰，然後就安靜下來了。可能假裝睡著了。

良太又轉頭看了我一眼，向我表示道歉，但我對他輕輕搖了兩、三次頭。

如果是良太的爸爸，完全有權利說剛才那些話。因為他完全有權利對今天的比賽結果感到懊惱。

於是，我腦海中又浮現出另一個「如果」的假設性後悔。

我伸長脖子，看向坐在最前排的田徑社顧問村岡老師，但是光看他戴著帽子的後腦勺，也無法想像他臉上的表情。

老師不知道有沒有「如果」的念頭，他會不會感到後悔？

如果今天讓山岸良太上場的話……

良太從一年級開始，就是田徑社長跑組的主將。

我和良太雖然讀不同的小學，但在市級的田徑比賽中曾經見過他幾次，他在繞三百公尺的跑道五圈的一千五百公尺長跑中獲得冠軍，而且把第二名選手甩開整整一圈。

我媽媽每次都拿著手持攝影機來看我比賽，她幫良太取了個綽號叫「羚羊同學」，每次也會把他參加的比賽項目也都錄下來。她只要拍我這個兒子就好了啊，我對這件事感到很無奈，但每次看這些影片時，我比我媽看得更入神。

不知道為什麼，每次看良太跑步的姿勢，都想起「熱帶稀樹草原的風」這幾個字。我從來沒有去過非洲，也不知道那裡吹什麼風，只是覺得如果能夠像他那樣跑，一定很暢快，他跑步的姿勢也在我腦海中留下了深刻的印象。

我狀況好的時候，也只能在一百公尺時領到第三名的獎狀，所以一直以為良太根本不知道我這個人。

沒想到進入市立三崎中學後，良太主動和我打招呼。

——你是町田圭祐吧？我知道你之前參加過田徑比賽，放學後要不要一起去參觀田徑社？

我大吃一驚，只是口齒不清地應了一聲，連自己也分不清到底是「喔」還是「嗯」。

不，以我跑步的速度，即使進了田徑社，也不可能有太出色的表現，所以我打算參加網球社或是籃球社……我屬於那種大腦和嘴巴脫節的人，面對突如其來的狀況，無法順利把腦袋裡的想法說出口。

而且，崇拜的對象主動和我說話，即使我在思考之後再回答，應該也不可能拒絕。

沒錯，良太是我崇拜的對象。

所以，我應他的邀約去參觀了田徑社，當天就決定加入田徑社。雖然平時我很少會把學院發生的事告訴我媽，但那天吃晚餐時，我主動向我媽提起這件事。

——要好好珍惜這種緣分。

我媽顯得很高興，好像我結識了什麼大明星。

——但是和其他社團相比，田徑社經常要找家長開會，而且比賽時也需要接送。

我是單親家庭，爸爸在我上小學之前就生病死了。爸爸去世之後，就由當護理師的媽媽獨力撫養我長大，我不想因為社團活動增加她的負擔。

——沒關係，去參加這些活動，可以多結交一些家長朋友，以後你考高中時，就可以知道各方面的消息，不是很有幫助嗎？

在那次之前，我從來沒有聽過媽媽說過和其他同學的媽媽有交流，或是一起相約吃飯的事。

——那我就把社團申請表交出去囉。話說回來，我們學院的強項是驛站接力賽這些長跑的項目，應該不需要我去遠征，所以沒車也沒關係。

我打算參加短跑的項目。

我在之後才知道，擅不擅長這種事並非由自己判斷。

加入田徑社後的最初半個月，為了決定每個人專攻的項目，分別對十二名男生和十名女生的新生進行了短跑、長跑、跳躍和投擲等所有項目的測驗。

新生中有人向顧問老師提出，自己想從事某個項目，但我並沒有這麼做。在所有新生男生中，我的一百公尺成績是第一名，所以我對自己會被分到短跑組這件事深信不疑。

所以，當顧問村岡老師公佈「長跑組」的名單時，第一個公佈在三千公尺測驗中以壓倒性速度跑第一名的良太後，又說了跑第二名的同學名字，第三個公佈了我的名字時，我忍不住左右張望確認，以為有誰和我同姓同名。

但是，只有我一個人叫町田圭祐。

有四個男生被分到長跑組，在村岡老師公佈其他組的名單時，我仍然認為一定是搞錯了。我在三千公尺中只跑了第四名，第三名的同學在一百公尺的成績比我差，只跑了第二名，卻被分到短跑組。

我向來認為自己不擅長長跑，在小學的馬拉松比賽時，即使在前半部分可以衝到很前面，但進入後半部分時，名次就會越來越後面。

我媽曾經說我體力不足。她這麼說並不是因為她是護理師，有什麼明確的根據，只是為了讓討厭喝牛奶的我每天都喝牛奶的藉口，但在參加小學的田徑營隊時，我每次都是第一個累癱。

之前是由二年級的學長姊為我們新生做體能測驗，我懷疑是學長在記錄成績時寫錯了。得出這個結論後，社團活動一結束，我就主動去找村岡老師。如果我沒有記錯，這是我第一次主動找老師說話。

——老師，我短跑的成績不是比較好嗎？

我戰戰兢兢地問老師。

——是啊，你這次的短跑成績比較出色，但看你跑步的姿勢，你更適合成為長跑選手。

村岡老師退後一步，從頭到腳打量著我說道。看來並沒有寫錯成績，但我立刻想到了原因。

我之所以看起來適合長跑，是不是因為在跑三千公尺時，我模仿了良太跑步的姿勢？我並不是故意模仿他，而是之前看媽媽拍下良太跑步的錄影帶時，我很希望自己可以像他那樣跑步，在腦海中烙下了深刻的印象，然後跟在他後面跑的時候，就不知不覺地用相同的姿勢跑步。

但是，在我說明之前，村岡老師又接著說。

——如果你無論如何都想跑短跑，當然也可以轉去短跑組，但在山岸良太加入之後，我們田徑社有機會進軍全國比賽的團體項目應該只有長跑的驛站接力賽，我相信……你可以成為驛站接力賽的主要成員之一。

我們只是普通的公立中學，說什麼進軍全國比賽也未免太誇張了。我忍不住想翻白眼。

我從小學就很討厭那種熱血教師，因為那種老師經常說什麼你要好好努力，要讓媽媽為你感到欣慰。只因為我是單親，就要求我比其他同學更努力。

但是，我在內心深處忍不住想，如果真的能夠進軍全國比賽，媽媽一定會很高興。我不知道那是不是因為我生活在單親家庭的關係。

最後，我含糊地應了一聲分不清是「喔」還是「好」的聲音，就這樣變成了田徑社長跑組的選手。

當我走去腳踏車停車場時，良太獨自在那裡等我。

——你換到短跑組了嗎？

良太似乎知道我為什麼去找老師，我搖了搖頭。

——太好了，既然村岡老師選中了你，就絕對不會錯，我原本還想勸你不要換組，不然太可惜了。

聽良太說，村岡老師是三崎中學的院友，以前也參加田徑社，是長跑選手，讀大學時曾經參加過新年驛站接力賽。如果是體育老師也就罷了，沒想到社會課的老師中也有這麼厲害的高手。

村岡老師來這所學院任教後，在去年的驛站接力賽中，帶領原本只能勉強通過地區選拔賽的院隊，一舉進入全縣第十名。

——真希望可以進入全國比賽。

良太的這句話讓我內心對全國比賽的印象，從原本的虛無縹緲變成了明確的目標，出現在好像只要伸出手，就有機會抓到的距離。

整個中學生活中，無論截取哪一段日子，都沒有一天不在跑步。

然後，我們升上了三年級，學弟的表現也很出色，進軍全國比賽不再是夢想，而且只差一步……

良太的膝蓋受了傷。

他在剛放暑假時動了手術，原本很期待他能夠憑著個人項目進軍全國比賽，但因為這個原因，不得不放棄參加預賽。他在第二個學期順利歸隊，所以趕上了中學最後一次有機會進軍全國比賽的秋季驛站接力賽。

雖然他無法刷新自己三千公尺的最佳紀錄，但仍然是田徑社內跑的最快的選手。

村岡老師並沒有讓良太參加地區選拔賽。

地區選拔賽的前三名都可以參加縣賽，老師認為即使不需要良太上場，我們也能夠穩操勝券，所以決定減輕良太膝蓋的負擔。

沒有良太。正如俗話經常說，失去了才懂得珍惜，少了良太之後，接力帶的份量也比往常重了兩、三倍，於是就會發現，即使之前覺得已經竭盡全力，但內心深處仍然抱著「反正良太會搞定」的想法。

自己必須彌補良太和代替良太上場的隊友——二年級的田中之間的落差。可能其他隊友也都有這種想法，最後所有人都刷新了自己的最佳成績，獲得了區段獎的徹底優勝。

所以，村岡老師做出了這樣的決定。

在縣賽一個星期前的練習結束後，村岡老師要求田徑社所有成員排隊站在操場上。除了男生長跑組以外，還有在地區選拔賽中落敗的女生長跑組，以及三年級在夏季大賽後就已經退社的男女短跑組的成員。

老師在所有人面前公佈了驛站接力賽的成員名單。

從第一棒開始依次公佈名單，被叫到名字的人回答一聲「有！」舉起手走向前。在縣賽的路線中，第二棒被稱為「主將區段」，我以為會聽到良太的名字，沒想到聽到的是二年級主將名字。

雖然沒有人發出驚叫，但我可以明顯感受到不安的氣氛。

在第三棒叫到我的名字時，我內心的慌亂仍然無法平靜，我愣了一下才回答，然後向前一步，似乎道出了這種心情。

老師打算讓良太跑最後一棒嗎？還是為了保持和地區選拔賽相同的順序，讓良太跑原本代替他的田中所跑的第五棒？這未免有點大材小用了。

我站在隊伍外，面對所有人，不時看向良太的方向。良太看著老師，臉上的表情和平時一樣雲淡風輕，他像風一樣快速奔跑時，也總是帶著這種讓人猜不透他在想什麼的表情。

在老師公佈第五棒是田中時，到處響起了「啊？」的聲音，就連田中自己也愣了一下，在回答「呃，有！」之後，好像做了壞事被老師叫出來一樣，低著頭走到前面。

最後宣佈了最後一棒第六棒的選手名字，站在大家面前的是和地區選拔賽時相同的成員，棒次的順位也完全相同。

良太是頭號候補選手，良太就像獲選為正式成員時一樣響亮回答，走到了隊伍前。我忍不住看向他的膝蓋。

他的傷還沒有完全好嗎？還是又惡化了？良太每天都和大家一起接受相同的訓練，昨天跑三千公尺作為最後選拔時，良太也是跑第一。

我等待岡村老師向大家說明。

為什麼要挑選這幾個成員？因為我相信老師要求所有人集合，就是為了向大家說明這件事。

——以上就是參加縣賽的成員，今年發生了不少意外狀況，許多強院都紛紛在各地區選拔賽中失利。

我也知道這件事。奪冠呼聲最高那所學院的第一棒跑者因為發生了脫水症狀而昏倒，無法把接力帶交給下一棒。好幾所接力賽強院都發生成員跑到半路發生問題，最後只能棄權的情況。

雖然並沒有對別人、對其他學院的不幸感到幸災樂禍，但還是覺得幸運之神在暗中幫助我們三崎中學。而且今年三崎中學有很多優秀選手，被稱為夢幻奇蹟隊，而且只有今年有這樣的陣容，目前的一年級學弟中並沒有值得期待的選手。

大家應該都認為這是第一次，也是最後一次可望擠進全國比賽的機會。

沒想到良太竟然被排除在外。

——之所以安排良太當候補選手，是因為縣賽的路線無論在哪一個區段都有很多起伏，會對他的膝蓋造成很大的負擔。

去年參加縣賽時，我也有點懷疑不知道其他縣是不是也都跑這種位在深山中的路線，也終於瞭解為什麼大部分強院都是位在山區的學院。

如果良太在縣賽中膝蓋受了傷，無法在全國比賽時上場，等於是犧牲自己，讓其他成員進入全國比賽。

——只要所有人能夠發揮出在地區選拔賽時的成績，奪冠並非夢想。不，我相信所有成員只要帶著讓良太在全國比賽中奔跑的心情投入比賽，所有人在縣賽中也可以刷新自己的最佳紀錄。

我轉動眼珠子左右看了一下，所有人都目不轉睛地看著老師，用力點了點頭。

——接力帶凝聚的不光是上場比賽的選手的想法，還包括了候補選手，以及這次沒有獲選的長跑組其他成員，或是專攻項目不同，但平時經常一起切磋琢磨的所有田徑社成員，以及支持各位的家長的想法，所有人都團結一心，這才是驛站接力賽的精神。

我能夠理解村岡老師想表達的意思，但是我直到最後都無法點頭，也搞不懂自己無法點頭的理由。

公佈成員名單時的驚訝和困惑的氣氛，在老師說完話之後也完全消失了。

解散之後，良太和其他三年級的成員都沒有對驛站接力賽的成員名單提出任何質疑，我的心情也稍微平靜下來，覺得既然良太能夠接受，我也沒什麼好說的。

如果我們回家的方向不同，良太會在其他場合告訴我那件事嗎？我們都沒有手機。

——才不是為我著想。

我騎在腳踏車上，背後傳來良太不滿的說話聲。

——啊？

我轉頭看著他，雖然他說話的聲音帶著不滿，但臉上仍然是一如往常雲淡風輕的表情。我想到他之前痛到站不起來時也是這種表情，於是停了下來，良太也停下腳踏車，轉頭直視著我。

——午休的時候，村岡老師找過我，說今天會公佈成員的名單。

——老師果然預先向你打了招呼。

——他對我說的並不是剛才在大家面前說的那番話，雖然也提到了我的膝蓋，但我很希望他沒有再繼續說下去。也許是我不應該對他說，我想跑縣賽，即使不能參加全國比賽也沒有關係。

——既然你也說想跑，有什麼理由不讓你跑嗎？

我完全想不到任何理由。良太張開嘴，想要說下去，但好像突然想到了什麼，「啊」了一聲，皺起了眉頭。

——怎麼了？和我有關係嗎？

——那倒不是……如果讓你感到不舒服，我先向你道歉。田中的爸爸好像得了癌症之類的病，不知道能不能撐到年底。

我瞭解了良太吞吞吐吐的理由了。

——你的意思是說，田中為了讓他爸爸高興，所以拜託村岡老師，說他很想參加縣賽嗎？

我問，良太搖了搖頭。

——我猜想應該不是田中或是田中的家人去拜託老師。

剛才公佈名單時，田中看起來發自內心感到驚訝、不知所措。

——村岡老師是田中的班導師，所以我猜想老師知道田中的爸爸生了病，去探視了田中的爸爸，然後像平時一樣發揮了熱血精神，說什麼田中也很努力以進軍全國比賽為目標，所以鼓勵他爸爸也不能認輸。

我也能清楚浮現出良太想像的畫面，搞不好老師甚至沒有去探視田中的爸爸，只是得知他來日不多，就自己決定要這麼做。

——話說回來，田中在地區選拔賽時也很努力，不是比自我最佳紀錄還快了四十秒嗎？老實說，我沒想到他會跑那麼快，而且我覺得他還可以跑得更快。

良太似乎並沒有討厭田中。

——但也沒有理由把你換掉啊。

——不然還能換誰？

我無法立刻回答。以學年的順序來說，應該可以把另一個二年級的學弟換掉，但他是成績僅次於良太的主將選手。要把三年級的人換下來嗎？雖然田中的成績進步了，但包括我在內，都比田中跑得快。

——如果老師把田中爸爸的事告訴所有成員，然後拜託說，請你們其中一人自動退出，你覺得會有人答應嗎？

我不可能退出。

——相反地，如果老師這麼做，田中一定會主動退出，所以最好的解決方法，就是假裝擔心我的膝蓋會出問題。

我的內心顫抖，漸漸擴散到全身。這太奇怪了。這句吶喊已經衝到了喉嚨，但我慢慢把這句話吞了下去，問良太說。

——你就這樣放棄了嗎？

我明明不是事主，憤怒籠罩了我的全身，必須咬緊牙關，才能克制全身的顫抖，良太這個當事人卻好像事不關己，淡淡地對我說。

不等良太回答，我又繼續說了下去，似乎要釋放體內的憤怒。

——把這件事告訴所有三年級的人，我們一起去向村岡老師抗議。老師應該只是一時情緒衝動做出這樣的決定，他最瞭解我們這三年期間練習得多辛苦，只要我們一起去抗議，老師應該會發現自己做了錯誤的決定。

——謝謝你。

良太靦腆地笑了笑，我覺得內心的火好像被滅火器咻地澆熄了。

——不，我不是……

我已經沒有足夠的能量再度燃起內心的憤怒，只是內心還是有點不爽而已。

——我也很不甘心，因為這種理由太蠢了，反而讓我覺得算了，不想理這種事了，但還是想要一吐為快。看到你這麼生氣，我真的覺得已經無所謂了。

——這……樣啊。

良太這麼一說，我才發現他的表情的確比剛才停下腳踏車時輕鬆了許多。

——而且，也讓我下了決心。

我忍不住緊張了一下，以為他說要放棄田徑，我內心祈禱自己猜錯了，戰戰兢兢地問他。

——下了什麼決心？

——推甄。我收到青海學院推甄入學的邀請。

私立青海學院高中是縣內數一數二的運動強院，尤其在驛站接力賽這個項目中，是經常進入全國比賽的強院，只是這兩年都錯失了進入全國比賽的機會。

——太厲害了，不過你受到這種邀請也理所當然。

——沒這回事，因為我沒能夠參加今年夏天的比賽，所以三千公尺的成績也只有去年縣賽的記錄。

那是第四名的好成績。

——我原本還在猶豫，不是很想去。

——啊？為什麼？太可惜了。

如果換成是我，簡直求之不得。

——因為縣內的競爭對手都比二年級時有很大的進步，但我目前的紀錄可能是人生的最顛峰。

聽到良太這麼說，我忍不住看向他的膝蓋。雖然隔著牛仔褲，完全看不出任何問題，但我不能不負責任地隨便亂鼓勵他。

——所以我原本想把這次的驛站接力賽當成是一種測試，只要比去年的成績進步一秒，就代表自己還有未來，就打算去青海學院。

——既然這樣，那就更要……

我內心再度燃起了對村岡老師的憤怒，老師除了看到良太練習的身影以外，不是應該近距離看到了良太如何對抗、克服自己所受的傷嗎？

——不，我現在覺得沒必要在這種地方決勝負。私立的強院絕對不可能因為家庭因素取捨，所以我要憑實力成為那裡的正式成員，進入全國比賽。

良太雖然看著我，但我覺得他的視線穿越了我，看向更遠的方向。

我滿腦子都想著縣賽，完全沒有思考之後的事，沒有想過是否要好好為考高中做準備，考進離家比較近的公立高中，進入田徑社……

沒想到良太竟然對我提出了意想不到的要求。

——圭祐，你也一起去青海學院，我們在那裡的田徑社一起跑。

我張大嘴巴，應該露出一臉呆樣看著良太。

——不、不、不……我不可能進青海學院，更何況也不可能像你一樣接到推甄的邀請。

——可以考進去啊。

——不，即使這樣……

青海學院並不是只有體育專長的學院。

除了所有都是推甄入學運動績優生的人類科學學程以外，還有文理學程，雖然名字聽起來超簡單，但錄取分數超高。總之，那是縣內首屈一指的升學學院。

——圭祐，以你的成績，只要從冬天開始衝刺，絕對沒問題。

——是嗎？但學費……

青海學院並不是無法通學的距離，但聽說學費是公立學院的三倍，我不想增加我媽的負擔。

——聽說有獎學金制度。

聽良太說話的語氣，好像事先已經為我調查清楚了，但即使這樣，我仍然有點抗拒。

——雖然很謝謝你邀我，但並不是非我不可啊。你進了青海學院，一定會遇到很多跑得很快的同學。

不是我在謙虛，因為我即使能夠考進青海學院，也未必能夠進入田徑社。

——以全國比賽為目標的團隊選手竟然說這種話。

——啊……

我一直認為，對無法參加縣賽的良太來說，在中學練習田徑，只是漫長田徑人生中的一段過程而已，但我在無意識中認定，對我而言，參加這次的縣賽是我田徑人生的終點。這是我的顛峰，是我人生的最佳成績。

良太剛才說的那番話正是我的想法，所以良太為我指出了接下來該走的路嗎？

——圭祐，你可以跑得更快。

——是、嗎？無論如何，我會在縣賽中全力以赴。

太高興了！謝謝你！我無法說出這麼簡單的話，只能承諾我確實能夠做到的事，用力握緊了腳踏車的把手。

良太似乎認為我在表示「該回家了」，於是就騎上腳踏車說：「那就先這樣。」

我們不發一語地騎著腳踏車，眼前是一大片鮮紅的晚霞。

每踩一次腳踏車的踏板，希望可以進入全國比賽，希望可以讀青海學院，希望可以進田徑社的想法就越強烈。

遊覽車上仍然瀰漫著沉悶的氣氛。

我回想起那天的事，再度看向村岡老師的方向，然後又看了看良太，垂下了眼睛。

今天是在田徑隊的最後一天，無緣進入全國比賽的懊惱，讓我暫時忘了這件事。明天之後要做什麼？

我已經在內心刪除了用功讀書，努力考進青海學院的選項。幸好還沒有和媽媽討論這件事。

媽媽和其他家長一起坐在遊覽車最後方。去程的時候，她還和其他家長一起吃著零食，聊著和驛站接力賽無關的事，現在完全沒有人在閒聊。

與其說一些言不由衷的安慰話，還不如保持安靜。媽媽在上車之前，露出哭笑不得的表情，只對我說了一句「辛苦了」而已。

原本以為回到學院，聽完村岡老師的總結，各自解散之後，大家才會表達出真正的感情。

這時，後方座位傳來啜泣聲。即使不回頭，我也知道是二年級田中在哭。

雖然我也很不甘心，但不知道為什麼會有一種冷眼旁觀的心情，覺得他有什麼好哭的？

他是為了無法向生病的父親報告，自己可以去全國比賽而難過嗎？還是覺得如果老師不是挑選他，而是讓山岸良太上場比賽，或許就可以進入全國比賽，他為此感到很對不起大家嗎？

這時，其他座位也傳來啜泣聲。二年級的主將、我以外的其他三年級選手好像起了連鎖反應，一個接著一個哭了起來。

聽到隊友的哭聲，我內心湧現的不是良太如何如何，或是老師如何如何，而是如果自己可以再快三秒鐘的想法。

說到底，我還是對自己最火大。

我的淚水也快要奪眶而出。

「有什麼好哭的！」

我轉頭看向聲音突然傳來的方向，良太從他的座位上站了起來，轉頭看向後方。他緩緩巡視了所有人，然後和我四目相對。

「今天我並沒有上場，由我來說這種話或許有點奇怪，但比賽的結果根本沒什麼好哭的。雖然我覺得回到學院之後，老師應該也會對大家這麼說……」

良太停頓了一下，回頭看著村岡老師，老師向良太輕輕點了點頭，良太再度轉頭看著我們。

「雖然只差十八秒真的讓人很不甘心，但今天的路線都是連續起伏坡道的高難度路線，大家不是都跑出了接近自己最佳紀錄的成績嗎？而且還獲得了全縣亞軍，是史上最高紀錄，大家應該感到驕傲。如果仍然覺得不甘心，明天開始繼續努力。或許有人會為了無法讓我參加全國比賽感到懊惱……不，應該沒有人會這麼想。」

向來臉上沒有太多表情的良太做出了搞笑的表情笑了笑，但又立刻恢復了嚴肅的表情。

「即使真的有人這樣想，也是想太多了。如果要帶老師或是家人去參加全國比賽還情有可原，對現役選手有這種想法會不會太失禮了？我上了高中之後還會繼續長跑，會靠自己的實力進入全國比賽。」

有一個人用力鼓掌。我也很想為良太的決心拍手叫好，但現在這個時間點鼓掌會打斷他說話。

「爸爸，現在不要鼓掌，我還沒說完。」

良太小聲提醒坐在他旁邊的爸爸。

「嗯？這樣啊？」

良太爸爸大聲回答後，故意清了清嗓子，轉頭看向後方，笑著向大家鞠了一躬表示道歉。除了良太剛才那番話，良太格外冷靜，他爸爸卻很吵，父子兩人明顯的對比很滑稽，淡化了遊覽車上沉悶的空氣。

「不好意思，剛才被打斷了……所以，我希望一年級和二年級的學弟，明年一定要進軍全國比賽。搞不好有人在之前的區域選拔賽，不，在今天的比賽結果出爐之前，都會覺得根本不可能進軍全國比賽。」

良太巡視了所有人，包括我在內，有很多選手都聳了聳肩，似乎表示被良太說中了。

「但是，現在的想法完全改變了，這實在太厲害了。既然獲得了強大的自信，怎麼可以哭呢？自信不是會被挫敗感吞噬嗎？」

良太說的沒錯，我剛跑完時超有成就感，但現在已經完全沒有這種感覺了。

「雖然三年級要退出社團了，但上了高中之後，我們要繼續參加田徑社。無論會在同一所學院當隊友，還是會去其他學院成為競爭對手，我都相信會看到我們三崎中學的成員。」

我覺得良太最後似乎看著我點了點頭，但因為我的視野模糊了，所以看不清楚。剛才明明已經忍住了淚水，現在流的是不同於懊惱的眼淚。但只有田中放聲大哭。

「不好意思，在大家已經很累的時候長篇大論。」

良太輕輕鞠了一躬，坐回了自己的座位。

又有一個人鼓掌。是良太的爸爸，但這次後方的座位也有好幾個人鼓掌。

「辛苦了。」這是我媽的聲音。

「你們很努力。」來為我們加油的院友和家長都紛紛說道。

我看向村岡老師的方向。不知道他聽了良太的話之後有什麼感想，從他戴了帽子的後腦勺還是無法解讀出來，但老師怎麼想已經不重要了。

我要以青海學院高中為目標。我在內心下定了決心。

只要發揮出田徑社練習時的毅力拼命用功，或許可以考上。我要把這些想法告訴媽媽，讓媽媽同意我去讀青海學院。

在努力的前方，一定可以再度和良太一起將參加全國驛站接力賽作為奮鬥的目標。

我對此深信不疑。

第一章　廣播中

櫻花在春假期間都落盡了，所以只有大門前寫著「青海學院高中 入學典禮」的簡單牌子有入學典禮的感覺。

既沒有喜慶的感覺，也沒有隆重感，更沒有夢想和希望，簡直就像是在暗示我的高中生活。

我已經是高中生，我媽沒有說要一起合影，只是說著「快點，快點」，催著我站在牌子和大門縫隙之間，用手機為我連拍了幾張照片。

她確認照片之後，心滿意足地點了點頭。我心不在焉地看著她，五、六個學長姊立刻走來過來，說著「請多指教」，把影印紙塞到我手上。

那是社團招生的宣傳單。足球社、排球社、書法社、吹奏樂社、廣播社、田徑社……我把所有宣傳單都揉成一團，塞進了新買制服的口袋裡。

「要不要先去吃飯再回家？」

身旁的媽媽用開朗的語氣問。

「妳下午不是還要去上班嗎？」

「只要不是去吃法式全餐，時間沒問題。」

我可以明顯感受到她是在遷就我，這反而更讓我感到痛苦。

「但是……」

「町田！」

我看著腳下。全新的黑色皮鞋感覺很奇怪。

身後突然有人叫我。回頭一看，一個認識的同學站在那裡，但我想不起他的名字。參加入學考試時，他坐在我後方第二個座位……

「我叫宮本正也，也是三崎中學畢業的。」

對，他叫宮本！難道他發現我不記得他的名字，故意向我媽自我介紹嗎？

「啊喲，原來你還有其他朋友。」

媽媽說完，高興地問宮本：「你在哪一班？」

他不是我的朋友。我不會向我媽這麼澄清。因為我知道我媽的意思是廣義的「朋友」，只要是同一所中學畢業的都算是朋友。

但我很在意她剛說「還有其他朋友」這幾個字，她明明可以說，「除了良太以外的朋友」。

良太可能在春假時就開始參加田徑社的訓練，今天早上在大門口巧遇他時，他就像學長一樣熟門熟路地告訴我體育館所在的位置。

媽媽見到了她喜歡的「羚羊同學」，卻只是笑著對他說了一句「恭喜入學」，連田徑的「田」字都沒有提。

良太也只回答了一句「謝謝」，然後對我說。

——以後各方面請多指教。

「各方面」是什麼意思？最近周圍人對我說話都這樣含糊其辭。

要以全國比賽為目標！無論周圍人和自己都明確說出口的日子，就像是好幾年前的遙遠時光。

——也請你在各方面多多指教。

我也對良太這麼說，然後注視著良太轉身離去的輕快身影，忍不住後悔不已——我為什麼不對他說「社團活動要好好加油」？

因為我這樣，所以周圍的人才會有所顧忌。無論良太或是媽媽都一樣……

「宮本，你爸媽呢？」

我向周圍張望。

「他們沒有來。」

宮本用親切的語氣回答，我這才發現自己可能問了很輕率的問題。

「因為我妹妹在三崎中學的入學典禮也剛好是今天，所以他們去那裡了。」

不知道是因為我這個人內心的想法都寫在臉上，還是宮本這個人的直覺很敏銳。聽了他的回答，我忍不住鬆了一口氣，同時知道上了高中之後，家長並不一定要來學院參加所有的活動。

「是嗎？那要不要一起去吃午餐？」

這也許是我人生中第一次主動約別人。只不過並不是找對方約會，而是一起吃午餐，而且對方是男生。

「好啊，那阿姨呢？」

宮本有所顧慮地看著媽媽問。

「沒關係，和同學吃飯當然比較開心，如果不會造成你的困擾，就請你陪陪他。」

媽媽說完，向我們揮著雙手，快步離開了。

「真的沒關係嗎？」

宮本問。

「我媽下午還要上班。」

雖然我不加思索地約了宮本，但到底要吃什麼？吃飯的時候要聊什麼呢？

先走去車站再說。

我們走進漢堡速食店，我點了招牌套餐。

周圍都是青海學院的新生，幾乎沒有人和父母一起吃飯。聽到有人在討論藝術選修課，我也問了宮本相同的問題。

但我們在不同班，即使選了相同的課，也不會高興地說：「我們可以一起去上課！」彼此都只是意興闌珊地應了一句「這樣啊」。

唯一像是朋友的談話，就是宮本對我說「你直接叫我的名字就好」，我也回答說「你也叫我名字就好」，然後我們在叫對方時，就不再客套地加上「同學」兩個字。

我發現在我說話時，宮本不時閉上眼睛。他一定覺得很無聊，看來吃完之後就會馬上閃人。我這麼想著，把好幾根薯條一起塞進嘴裡。

「對了，町田，你決定要參加哪一個社團了嗎？」

我懷疑自己聽錯了。太震驚了，就像是看到飛彈迎面飛來。

宮本竟然單手拿著薯條，用滿不在乎的語氣踏進了媽媽和良太都不敢輕易碰觸的領域。

幸虧我正在吃薯條，所以不用馬上回答，但我完全不知道自己臉上是怎樣的表情。

「你在中學時參加什麼社團？」

宮本再度滿不在乎地問我。

但我反而覺得好像卸下了肩上的重擔。

宮本不知道我以前參加田徑社，我也不知道他以前參加什麼社團。

我們都不知道彼此報考青海學院的理由。

因為並不是有體育方面的專長而推甄入學，所以當然認為是為了日後進入一流大學來讀青海學院。

宮本並沒有同情我。

「那時候、參加田徑社。」

「原來是這樣……啊！」

宮本似乎大吃一驚。他用沾到薯條的油而發亮的手捂住了嘴。

他可能知道那件事。

「對不起，我可能問了很失禮的問題。」

「為什麼？」

我對他裝糊塗。

「我記得你拄著拐杖來參加畢業典禮，聽說發生了車禍。」

「是啊。」

在接到錄取通知的回家路上，我騎著腳踏車經過前方是綠燈的路口，一輛汽車在路口快速右轉，然後我就失去了意識。

當我醒過來時，最先看到了自己被石膏固定的腿。

「因為你現在沒有拄拐杖，所以我忘記了，你的腿沒問題了嗎？」

「嗯，差不多了。」

「是嗎？我只是想到，如果你想要繼續參加田徑社，或是其他運動社，卻因為受傷的關係……」

他的直覺真的很敏銳。我的左腿打上了鋼釘。

「沒有沒有沒有，和車禍沒有關係，我原本就不打算加入運動社團，有那麼多推甄入學的運動績優生，各個項目都有縣內的精銳選手，我可沒能耐和他們一起訓練。」

這是我在入學之前，拼命說服自己的話。在別人面前說出這句話，就覺得好像在車禍發生之前，自己就這麼認為。

同時又覺得自己是一個無趣透頂的人。我看著玻璃窗外的天空，就像茫然地看著自己的靈魂在慢慢蒸發。

「能耐喔……」

宮本嘀咕著，似乎贊同我的說話，他拿起裝了可樂的大杯子，發出滋滋滋的聲音把杯子裡的可樂吸光了。

兩個人的托盤上只剩下紙屑，差不多該解散了。

「不過啊！」

宮本把杯子放了下來，俐落地收拾了自己的垃圾和我的垃圾，把兩個托盤疊在一起，放到一旁。

「中學的時候，除了吹奏樂社以外，除非有什麼特殊的理由，否則好像都要參加運動社團，但高中就沒有這種壓力了。」

宮本的聲音中帶著一絲興奮。

「好像是……」

我在發生車禍之後，並不是完全沒有正面思考過未來的高中生活。

雖然並不是非要參加社團不可，但我覺得不妨利用這個機會培養新的興趣愛好，所以看了青海學院入學簡介上介紹的文化性社團。

我喜歡音樂，所以曾經想過參加輕音樂社，但無法想像自己唱歌或是演奏樂器的樣子，想到喜歡的歌曲時，就會同時浮現自己聽著那首歌跑步的身影。

「我想參加一個社團，我也是為了這個社團才會報考青海。」

宮本直截了當地說，我覺得似乎聽到了「劈哩」的聲音，那是坐在桌子兩側的我和他之間產生裂痕的聲音。

宮本帶著希望入學，我在入學時已經失去了希望。

他雙眼發亮，和剛才說選修課時完全不一樣。

「宮本，你在中學時參加什麼社團？」

「我當時參加桌球社，但我不想再打桌球了。」

宮本用新制服上衣的袖口擦了擦桌面，雖然桌子並沒有很髒，但我媽看到他這個動作一定會昏倒。

我以為他要拿什麼重要的東西放在桌上，沒想到他從制服口袋裡拿出了折起的影印紙，攤開之後，朝向我放在桌子正中央。

那是社團招生的宣傳單。

「廣播社？」

我向宮本確認。雖然他鄭重其事地拿出來，但我以為他拿錯了單子。

「沒錯，就是廣播社。」

宮本用力點頭。

中學的時候也有廣播委員會，在吃營養午餐時播放學生喜歡的音樂，我也曾經點過幾次歌。這裡的廣播社也一樣嗎？

我看了宣傳單上寫的活動內容。

＊學院活動的司儀．攝影

＊協助地區活動的司儀．攝影

＊創作作品

＊院園廣播．朗讀

以上。

上面沒有提到音樂，所以和我想像的內容似乎不太一樣，但我找不到任何可以讓宮本雙眼發亮的部分。

難道是院園廣播？

宮本想當播音員嗎？雖然這麼說有點傷人，但我並不覺得他的聲音悅耳動聽。只不過我並不是這方面的專家，我憑自身的經驗知道，瞭解適不適合，有沒有才華這種事，並不是自己說了算。

而且我也知道，不可以否定別人的夢想。

「嗯，看起來很有趣。」

我隨口表示贊同。包括主動邀約一起吃飯在內，我今天在面對宮本時，做了很多平時不會做的事。

「對不對？你對哪一項活動有興趣？」

坐在對面的宮本探出身體，雖然我很後悔自己不該多話，但看到宮本興奮的樣子，我也沒力氣訂正已經說出口的話。

對哪一項有興趣……

「院園廣播吧？」

這個回答應該最中規中矩。

「町田，你太厲害了！原來你自己也意識到了！」

「啊？」

我？我不知道他在說什麼。

「你的聲音真的超好聽。」

看他的表情，似乎並不是在奉承我。

我的聲音很好聽？從小到大，從來沒有人這麼說過。

以前在田徑社時吆喝「最後一圈」時，每次都覺得自己的聲音帶著鼻音，在幾公尺之外就混在空氣中消失了，無法像其他人的聲音一樣響徹整個操場。

我不太喜歡自己的聲音。

「有嗎……？」

「原來你沒有意識到？太可惜了，話說回來，自己說話的聲音是透過頭蓋骨傳入耳朵，和別人聽到的聲音不一樣，更何況通常不會想像經由麥克風，會變成怎樣的聲音。」

「麥克風？」

「對，你的聲音直接聽也很好聽，但透過麥克風的話更好聽。」

宮本自信滿滿地斷言，問題是我從來沒有和他一起去ＫＴＶ唱過歌。

「你有什麼根據嗎？」

「我很喜歡聽收音機，所以在聽別人說話時，也會想像出透過麥克風，應該會是這樣的聲音。」

難怪他剛才不時閉上眼睛，但我覺得這就像是聽到別人說「我可以隔著衣服看到你的身體」一樣，聽了有點發毛。

「原來是這樣……」

我賠著笑，準備站起來。椅子發出了嘎登的聲音。

「啊，等一下，我還沒進入正題。」

正題？我重新坐了下來，完全搞不清楚狀況。

「因為我以前沒什麼和你說過話，所以不太有自信，但今天和你說話後，就確信自己果然很有眼光，不，應該說確信自己的耳朵很靈光。」

宮本挺起胸膛直視著我，我也跟著坐直。如果他要向我示愛，我就要馬上逃走。即使我已經無法像以前跑得那麼快，很快就會被宮本追上，我也要逃走。

「你的聲音是我理想中的聲音！」

宮本的聲音響徹吵鬧的店內。

我感覺到周圍的視線，忍不住縮起身體低下了頭。我覺得很丟臉，根本抬不起頭，更不要說開口說話。

在眼前的狀況下，一定有不少人對我的聲音感到好奇，只要我說一句話，那些人就會感到失望，覺得我的聲音不過爾爾。

「對不起，我好像太激動了。」

宮本稍微降低了說話的音量。

「我想當編劇。」

我抬起頭，看到宮本的臉上露出了嚴肅的表情。

編劇。我知道劇作家就是寫電視劇和電影劇本的人。

媽媽在看電視時，有時候會說「這個人寫的戲果然好看」，但我不知道媽媽在說編劇還是原著的小說家。

「所以，我要參加廣播社。」

雖然我感受到宮本的熱忱，但還是搞不清楚狀況。

「不是文學社？」

我記得文化性社團一覽表中有文學社，既然要寫書，不是應該參加文學社嗎？

「不，我要參加廣播社。」

宮本很堅持。我又看了一次廣播社的宣傳單，但不知道哪一個項目可以成為編劇。

「這個。」宮本指著「創作作品」的項目，「這裡的作品是指戲劇。」

「原來是這樣。」

我終於瞭解了編劇和廣播社的關係，也第一次知道原來廣播社是在做這種事。

既然這樣，就應該在宣傳單上寫清楚。雖然我這麼想，但隨即覺得即使寫在宣傳單上，像我這種根本沒興趣的人也不會看，所以結果還是一樣。

「我想要寫廣播劇，所以，」宮本再次直視著我，「所以，我們一起加入廣播社！」

——我寫的廣播劇需要你的聲音。

一回到家，就覺得整個人都累垮了，並不是因為今天是開學第一天，而是因為被宮本正也纏上了。雖然是我主動約他吃飯。

我們一起加入廣播社！

這是第二次有人約我一起參加社團。第一次是山岸良太找我一起參加田徑社。如果他當時沒有找我，我不知道會加入什麼社團，也不知道中學生活會過得怎樣。無論參加什麼社團，應該都會有苦澀的回憶，但應該無法那麼充實。

但是，我無法認為這次也會一樣。田徑社和廣播社雖然都是學院的社團活動，只不過我不認為在廣播社也能夠得到田徑社那樣的充實感。

終究只是文化性社團。

但是，宮本說他是為了廣播社才會報考青海學院，而且以後希望成為編劇。我第一次發現，原來社團活動還可以為未來的目標做準備。

我到目前為止，從來沒有認真考慮過未來的夢想。在中學三年級時的升學調查表中雖然有這個欄目，但我當時填了「未定」。

因為當時有伸手可及的夢想。

田徑的個人項目中進入區域選拔賽、縣賽……驛站接力賽的區域選拔賽、縣賽……我的夢想就是在這些比賽中獲得最佳紀錄，也只為了這個夢想持續努力，根本沒有去想幾年之後的事。

考進青海學院，參加田徑社。

車禍這件發生在剎那之間的事粉碎了這個夢想，我的世界也崩潰了。

我覺得人生就像是驛站接力賽。我不知道是在人生的哪一個區段被強制退場，以後還會有新的比賽嗎？

什麼比賽？

我對宮本說「我無法馬上做決定」，宮本雖然很熱情邀約，但聽了我的回答，倒是很乾脆地沒再多說什麼。

入學第二天下午是新生訓練，一年級的所有人都去體育館集合。

——明天新生訓練結束後再答覆我就好，新生訓練時也會有社團活動的介紹。

如同宮本昨天臨別時所說的，在學生會說明本學年度的各項活動後，發了介紹社團活動的小冊子。

翻開用漂亮的毛筆字寫了「青海青春」的封面，田徑社幾個字立刻映入眼簾，我慌忙翻了過去，翻到廣播社那一頁時停下了手。

今早，每次在走廊上遇到宮本，他就對我露出笑容，似乎在說，他期待著好消息。

但是，我昨天想了一整晚，不，其實只是臨睡前稍微想了一下，還是不想參加什麼廣播社。

沒必要勉強參加社團。

我在收到青海學院錄取通知的回家路上發生了車禍，除了我媽和田徑社的人以外，所有來探視我的人都沒有關心我的腿，而是恭喜我考上了青海學院。

——你能考上青海學院真是太厲害了，要好好用功讀書，以後讓你媽好好享福。

就連很少見面的舅舅也來恭喜我。

雖然我賭氣地覺得無法參加田徑社的青海學院毫無價值，但仔細思考之後就會發現，讀高中的目的並不是參加社團活動。

我並不是以高分考進青海學院，所以課業有可能會跟不上。我不能再增加媽媽的經濟負擔，所以無法去讀補習班。

既然這樣，就必須自己在家裡或是在圖書館讀書，根本沒時間參加社團活動。

介紹廣播社的頁面上所寫的內容和昨天的宣傳單上差不多，這時，體育館的燈暗了下來，可能要在舞台的銀幕上播放影片。我也闔上了小冊子。

我在高中不參加任何社團。

這就是我得出的結論。

「接下來為各位介紹社團活動，首先請大家看影片。」

隨著擔任新生訓練司儀的三年級學姊宣佈，銀幕上開始播放影片。

銀幕上出現了「青海青春」幾個字，在輕快的音樂聲中，出現了運動社團活動的情況。這段影片可能是在春假期間拍攝的，操場角落的櫻花樹上櫻花盛開。

良太輕盈地跑過櫻花樹前，隨著「田徑社」的字幕，出現了其他社團在體育館內練習的景象，良太並沒有在其中，即使鏡頭已經轉到了籃球社，但良太的身影一直浮現在我的腦海中。

良太早就已經展開了新生活，但我無法加入。我早就已經知道了這件事，但還是覺得心臟被用力揪緊，讓我喘不過氣。

每天放學後，即使我走去大門口時轉過頭不看操場的方向，也無法保證絕對不會看到良太穿著田徑社運動服的身影，每次看到他，都要體會這種心情嗎？

在鞋櫃前遇到他時，會抓著根本不覺得癢的頭，露出尷尬的笑容對他說「課業都跟不上了，根本沒時間參加社團活動」嗎？

當我心不在焉地想著這些事時，體育館內的燈亮了，我這才發現，影片已經播完了。兩個身穿田徑社制服的男生站在舞台上。

我的左手無意識地摸著左腿打了鋼釘的地方，雖然走路的時候會痛，但像這樣坐著不動時，完全沒有任何感覺。

甚至會讓我產生一種錯覺，自己也許還能夠再跑。

如果沒有發生車禍，現在一定迫不及待地翻開小冊子，仔細聽田徑社的學長說話。

「長跑部門的目標是進軍全國高中驛站接力賽。」

聽到身強力壯的學長站在舞台上堅定有力地說著全國、驛站這些字眼時，我可能都會用力點頭。

另一個看起來比較溫和的學長接過了麥克風。

「雖然我們設定的目標很遠大，但並不是所有田徑社的人一開始都跑得很快，很多同學都是上了高中之後才開始參加田徑社，最後成為進入全國比賽的選手。」

這些話一定會讓我勇氣倍增，決定在放學後立刻申請加入田徑社。

「青海青春！無論你喜歡跑步，還是喜歡運動，歡迎所有人加入我們，和我們一起流下青春的汗水，朝向夢想勇往直前！」

台上的兩個人鞠躬時，新生為他們鼓掌。我也拍著手……但忍不住憋著氣。

因為我拼命忍住湧現的淚水。

歡迎所有人加入，是指除了我以外的所有人。我這麼理解這句話，開始羨慕自己周圍的所有人。

早知道不應該來讀這所學院，早知道不應該考青海學院。沒錯，如果不報考這所學院，那一天、那一刻，我就不會經過那個路口。

田徑社的介紹結束之後，足球社、籃球社等其他運動社團都接連上台介紹，每一個社團都和田徑社一樣，雄心勃勃地把全國、冠軍這些字眼掛在嘴上。

我想逃離這裡。即使我這麼想，但想像別人都看著我瘸著腿，慢吞吞走路的樣子，甚至不敢站起來。

既然這樣，乾脆來睡覺。我用力閉上了眼睛。雖然我完全不想睡，只是逼迫自己閉上眼睛，但就像是關掉了電視一樣，腦海中立刻一片空白。

「各位學弟妹，歡迎你們來到這所學院。」

我覺得好像聽到了晨間新聞報導的聲音，猛然睜開了眼睛。一個身穿制服的學姊站在台上。

「接下來要為各位介紹廣播社。」

像新聞報導的新聞主播般堅定的聲音很悅耳，但不像是她本來的聲音，而是經過訓練後發出的聲音。

宮本現在一定伸長了耳朵，也許會閉上眼睛仔細聽。雖然我覺得是和自己無關的社團，但這一切似乎和我的意志無關，廣播社的活動內容還是從耳朵傳入了大腦，漸漸擴散。

「其中，創作作品是我們社團的重點，我們會在電視短劇、廣播短劇、紀實電視、紀實廣播這四個項目分別製作節目，報名參加每年夏天在全國舉行比賽的ＪＢＫ競賽。」

ＪＢＫ是每年年底都會推出歌唱大賽和大河劇，整個日本沒有人不知道的電視台。

「去年，我們在紀實廣播節目的項目中進入了全國比賽。」

全國。廣播社的學姊並沒有像運動社團那樣充滿鬥志，而是輕鬆地說出這兩個字。

「很可惜，去年無法進入準決賽，青海學院曾經在三年前獲得電視短劇項目的最優秀獎，留下了日本第一的輝煌紀錄。」

日本第一。學姊特別強調了這幾個字。

「青海青春。我們身為高中生，應該能夠憑著只有現在才具備的特殊感覺，接觸到某些世界，希望我們能夠一起描寫出這個世界，進軍東京的ＪＢＫ禮堂，成為日本第一！」

體育館內陷入一片寂靜，隨即響起了掌聲。我覺得並不是因為廣播社的目標很遠大，而是學姊的聲音和說話方式炒熱了氣氛。

話說回來，ＪＢＫ禮堂不是歌唱大賽的會場嗎？沒想到吹奏樂社以外的文化性社團，也有和其他學院一較高下的比賽，這件事已經讓我有點驚訝，沒想到竟然是全國性的競賽，有機會成為日本第一的規模。

宮本也知道這些事嗎？如果在ＪＢＫ成為日本第一，的確向職業編劇邁進了一大步。只不過我之前從來沒有聽過廣播社表現很活躍之類的新聞。雖說是全國性的比賽，但應該只是那種縣賽只有四所學院報名參加，門檻很低的比賽。

青海青春。雖然結語部分用這句話作為開頭，但廣播社創作作品很難聯想到練習、努力和流汗這些事。

自己竟然對根本沒有興趣加入的社團活動這麼挑剔，原來我這麼渴望粗獷的青春。這個事實令我厭煩，忍不住重重地嘆了一口氣。

新生訓練結束，我沒有發現任何有吸引力的文化性社團。

新生訓練的會場由學長姊佈置，但一年級新生要幫忙一起收拾善後，每個人要把自己坐的鐵管椅搬到體育館指定的牆邊。

我站起來把椅子折了起來，跟在班上同學的最後，準備走去牆邊時，良太推開人潮走到我面前。

「椅子給我，我幫你去放。」

他是擔心我的腿，所以特地跑過來幫忙嗎？

「沒關係，這點小事沒問題。」

我並不是客氣，也不是覺得不好意思，只是不喜歡被當成殘障，所以是真心拒絕。

「我是負責收拾的值日生。」

良太用一如往常雲淡風輕的語氣說完，抓住了我拿在手上的鐵管椅。良太所在的一班擔任值日生嗎？既然這樣，我就鬆開了椅子。

「田徑隊，動作俐落點！」

看起來像是田徑社顧問的老師站在台上大聲叫著。原來田徑社是值日生。良太微微皺起了眉頭，我有點火大。

「算了，還是我自己來吧。」

「啊，町田！」

我正準備伸手把椅子搶回來，旁邊有人叫住了我。

是宮本。他一臉笑容看著我。

「山岸，好久沒見到你了。」

宮本也很親切地向良太打招呼，良太對著他淡淡笑了笑。從三崎中學考進青海學院的三個同學竟然全員到齊了。

我和良太、宮本的共同點，就是我們都是三崎中學的畢業生，這應該是我們唯一的交集。

如果是女生，無論內心對彼此有什麼看法，一定會牽著手興奮地說，我們在高中也要當好朋友，但男生完全不會有這種狀況發生。

只有無言的尷尬氣氛。

既然他們都是因為我而出現在這裡，所以應該由我來斬斷這種關係。

「宮本，你也是來幫我搬椅子嗎？」

我對自己在情急之下只能說出這種話感到厭惡。

自慚形穢。我之前一直以為這四個字只會出現在漢字練習中，但完全就是我目前的寫照。

「怎麼可能？」宮本滿不在乎地回答，「哪有人要來聽別人對自己愛的告白的回覆時，還去做對方最討厭的事？」

宮本露出牙齒笑了起來。

但良太皺起了眉頭。他應該不是聽到愛之類的字眼感到噁心。

宮本發現了我討厭別人把我當殘障者。

「你們在中學時同班嗎？」

良太看了看我，又看了看宮本問。他真正想問的應該是「你們以前是好朋友嗎？」

我覺得如果回答「我們只是昨天稍微聊了幾句」，良太的心情應該會更加惡劣。

「不是，我們昨天才第一次說話。」

宮本漫不經心地回答。我不知道宮本如何感受我和良太之間的那種感覺。

「對不對？」宮本向我確認，我點了點頭說：「是啊，是啊。」

「但是，你不要誤會，我說的愛的告白並不是這種事。」

宮本對良太扭著腰說道。

「喔，喔喔……」

良太警戒地退後了一步。

「我正在邀町田參加社團活動。」

「邀他參加社團活動？」

良太問宮本。

良太認為絕對不能在我面前提「社團活動」這幾個字，沒想到宮本竟然若無其事地說出了口。從良太沒有太多表情的臉上可以感受到他內心的慌亂。

我昨天在聽宮本說話時，也露出了同樣的表情嗎？

「對，順便告訴你，教科書上說，在劇本中，重複對方說的話並不是理想的對話手法。」

宮本得意地繼續說道，良太聽他突然提到「劇本」，露出一臉錯愕的表情。

但是，宮本並不理會良太的表情，轉頭看著我問：

「怎麼樣？你想好了嗎？」

「不，這……」

我在高中不想參加任何社團。雖然已經下定了決心，卻無法明確說出口。

因為良太就在眼前。

在我住院期間，良太曾經來醫院探視我好幾次。

他怕我無聊，每次都帶好幾本漫畫給我看，但我覺得那些並不是良太看過的漫畫，因為既沒有折痕，紙張也沒有泛黃，感覺像是他特地去買了目前熱門的作品帶給我。

在談起車禍時，即使會聊到至今沒有找到肇事逃逸的駕駛，也絕口不問我腿的狀況。

有一次，我開玩笑這麼說，良太非但沒有笑，反而臉部很用力，好像在強忍住淚水。

——搞不好我的腿可以吸住磁鐵。

然後，他說了聲「對不起」，就逃離了病房。

良太根本沒必要向我道歉。

如果他當時在車禍現場，或是我準備過斑馬線時，良太剛好打電話給我，他向我道歉還情有可原，但我遇到的車禍和良太完全沒有關係。

即使再怎麼同情我，也沒必要產生罪惡感。

但是，良太向我道歉。

我認為他是為找我一起讀青海學院這件事向我道歉。

「我想先去參觀一下再決定。」

我又說了言不由衷的話。

「喔喔，有道理，的確要先去參觀一下。」

正也把手放在我的肩膀上，用力拍打起來，他興奮的態度讓我簡直懷疑他是不是以為我這句話代表「我願意」？

我和被晾在一邊的良太對上了眼。

「宮本找我一起參加廣播社，雖然我完全不瞭解廣播社的活動內容，但聽到他說會創作廣播劇之類的，覺得好像蠻好玩的。」

雖然我嘴上這麼說，但我應該露出一臉無趣的表情。

「是嗎？圭祐，我雖然對廣播劇沒什麼興趣，但如果是你參與創作的，我倒是想看一看。」

良太也露出了哭笑不得的表情。

「但劇本由我負責。」

宮本插嘴說。

「至於町田……我們才三個人說話，有人用姓氏叫你，又有人叫你名字，不覺得很麻煩嗎？那就統一稱呼，我也叫你圭祐。」

「隨便怎麼叫都無所謂……」

「我希望圭祐能夠運用他天生的好嗓子擔任聲優，也就是用聲音演出的演員。對了，你們可以叫我正也。」

宮本……正也豎起大拇指，得意地指向自己。

「我從來不覺得自己的聲音好聽。」

我對良太聳了聳肩說。

——我從來不覺得自己適合長跑。

腦海中響起了自己之前說過的這句話。

「我也覺得圭祐的聲音很好聽，在縣賽時，吆喝『最後一圈』的聲音雖然混在其他人的叫聲中，但一下子就鑽進了耳朵。啊，對不起。」

良太緊抿著嘴唇。

他應該為提到跑步的事道歉，原本聽到他稱讚我，我還忍不住竊喜。這樣不行。

「既然你以前就覺得我聲音好聽，就該早說啊，雖然我還不太相信宮本，不，我還不太相信正也說的話，既然你也這麼說，那我就更有自信了。」

我說完這句話，清了清嗓子，好像在練習發聲般「啊、啊」了兩聲。

「如果我的聲音可以讓你跑得更快，我隨時可以去為你加油。你在田徑隊好好加油。」

體育館內很吵，但只有我和良太周圍好像真空般完全沒有聲音。

我是不是太過分了？我不禁感到後悔。

良太吸了吸鼻子。這有什麼好哭的？

「開玩笑啦，那椅子就麻煩你了，謝謝囉。」

我笑著說完後，又搞笑地說「聲音很好聽吧」，然後摟住正也的肩膀。

我不會回頭看良太。

「正也，今天放學後，要不要去參觀一下廣播社？」

從昨天開始，也就是從進高中之後，我一直都在做一些以前從來不會做的事。

「當然要去啊，耶！」

正也也得意地舉起一隻手。

良太，即使不加入田徑社，我也能夠充分享受高中生活，對不對？

廣播社的活動室在播音室——位在本館一樓的教職員辦公室旁。

不知道是否為了發揮隔音效果，播音室的門看起來很厚重，和隔壁教職員辦公室的那道薄門完全不同……而且門關著。

早上學姊明明說，歡迎大家來坐坐。

我只是在衝動之下來到這裡，既然這樣，那就算了。我很想馬上掉頭走人，但我身旁的傢伙才不會因為這道門退縮。

正也用力握住了門把。

「等一下。」

我突然想到一件事。

「會不會正在錄音？」

但是，正也默默指了指門的上方。

門的上方有一個像緊急照明燈般細長形東西。

「如果正在錄音，這盞燈就會亮，所以現在沒問題。」

據說亮燈時會有文字出現，也許和電視劇中偶爾看到的「手術中」的燈一樣。

我瞪大眼睛，想看清楚上面寫了什麼字。

『ON THE AIR』

廣播中。我有點想看這盞燈亮起的樣子。

那道門向內打開，發出了嘎的聲音。

「打擾了。」

正也雖然用力推門而入，但他可能也有點緊張，在向內張望的同時，小聲地說道。

後方傳來嘎登的椅子聲，兩名胸前別著三年級名牌的學姊走了出來。

「咦？咦？你們該不會是新生？」

長頭髮學姊問。

「對，我們想來參觀一下廣播社。」

正也回答，兩名學姊興奮地互看了一眼，然後笑了起來。顯然是歡迎的氣氛。

「請進，請進。」我們在學姊的催促下走進了播音室。

我在小學和中學都和廣播無緣，所以是第一次走進播音室，但我猜想小學和中學的播音室沒有這麼豪華。

不知道是因為這裡是高中，還是因為是私立學院的關係，播音室雖然不大，但用有一扇大玻璃窗的牆壁隔成兩個房間，一進門的房間內放著有許多按鈕和開關的器材，裡面的房間像是錄音室。

中央有一張大桌子，包括帶我們進來的兩個學姊在內，總共有五個學姊。

在新生訓練時介紹社團活動，聲音像女主播的學姊不在這裡。

學姊讓我們坐在桌子中央，她們也在我們周圍坐了下來。

雖然學姊拿出了獨立包裝的巧克力和裝在紙杯裡的冰紅茶放在我們面前，但我雙手放在腿上。因為我很怕一旦吃了，就代表我們要加入廣播社。

正也沒有吃是因為他有比起桌上的巧克力和冰紅茶更在意的事，他看著桌上好幾本疊在一起的手工製作小冊子。

黃綠色的封面上印了「交換」的小冊子也許是劇本，但我不知道是電視劇還是廣播劇的劇本，正也應該最關心那本小冊子。

雖然學姊很友好地請我們進來，但她們既沒有向我們說明，也沒有發問。

「突然有男生來加入欸。」

「他們剛好可以演同學的角色啊。」

「最愛吃炸豬排咖哩的那個？」

五個學姊自顧自地討論起來。

正也拿起紙杯，我也跟著喝了冰紅茶。因為除此以外，我不知道該做什麼。然後也吃了巧克力。

她們可能正在忙，只顧著自己討論當然沒有問題，但可不可以不要不時偷瞄我們，然後相互笑著說什麼「對不對？」、「我懂！」、「沒錯！」之類的話？

我想回家了。這時，我和坐在正前方的學姊對上了眼。

「對不起，我們還沒有自我介紹。」

學姊端正了姿勢，帶著一絲歉意對我們說。我又把內心的想法寫在臉上了嗎？

「我是廣播社的社長，三年二班的月村，月亮的月。」

她說話的語氣並不像主播。

月村社長說完後，其他幾個學姊也紛紛自我介紹。

我很不擅長記別人的名字。

既然社長的名字中有代表週一的月字，其他學姊的名字中如果有分別代表週二、三的火和水之類的字，就好記多了。我正在想這件事，社長以外的四個人都自我介紹完畢，但我沒有記住任何一個名字，然後就輪到我們自我介紹。

我和正也相互使了眼色之後，由正也先自我介紹。

「我是一年五班的宮本正也，三崎中學畢業，因為很想加入廣播社，所以報考了青海學院，我的目標是以後要當編劇。」

現在就要說到這種程度嗎？我忍不住在心裡大叫。學姊都只說了學年、班級和名字而已。

而且，他的自我介紹這麼活力十足，根本是挖坑給我跳嘛。

但是，幾個學姊的反應很冷淡。她們剛才討論得那麼熱烈，照理說聽了正也的介紹，應該鼓掌表示歡迎，沒想到現場的氣氛卻很冷。

如果說，眼睛是心靈的窗戶，我覺得眼前這五個學姊內心應該在說「真可憐」、「這麼大的期待，真讓人難以承受」、「我們社團並不想要這種人」、「放輕鬆啦」、「好煩喔」。

正也不知所措地用食指抓了抓鼻尖。

新生訓練時，學姊對著新生說什麼「一起進軍東京的ＪＢＫ禮堂！」的活力去了哪裡？

「嗯，你不要給自己這麼大壓力啦。」

月村社長露出親切的笑容說，正也並不想聽這種話，即使言不由衷也沒關係，至少要對他說「太好了」、「我們一起加油」之類的話吧。

我覺得正也很可憐。

「那你呢？」

學姊問我。

「我是一年三班的町田圭祐，之前讀三崎中學，我還在考慮要不要加入社團，所以打算多參觀幾個社團後再做決定。」

這種意興闌珊的自我介紹怎麼樣？

「啊？你不是想加入我們社團嗎？」

說話的是坐在月村社長旁邊的……週二學姊，也就是剛才帶我們進來的長頭髮學姊。

我想至少她們已經知道，在現階段，我想加入這個社團的熱忱無限接近於零。

話說回來，她們看到新生說自己很想加入，或是根本沒有意願加入都感到失望，她們到底期待新生說什麼？

週二學姊小聲地向月村社長咬耳朵。

「有一件事想要拜託你們。」

社長一臉嚴肅的表情輪流看著我們，我和正也互看了一眼。

「是什麼事？」

正也問。

「我們正在創作一齣電視短劇，準備報名參加ＪＢＫ電視台的比賽，可不可以找你們來演出？」

不是希望我們協助，而是找我們演出？

而且我們只是來這裡參觀的新生，為什麼完全跳過了說明社團活動這些初步的步驟？

「我的志願是當編劇，所以不想參與演出。」

正也明確拒絕道，我必須向他學一學這種能夠斷然拒絕的態度。

「如果一個人只能專心做一件事，以我們的社團規模，就無法創作任何作品。在創作電視短劇或是廣播短劇時，所有人既都是幕後工作人員，所有人也都是演員，即使這樣，這次的人手也不足夠。拜託你們！我們無論如何都需要兩個男生。」

月村社長合起雙手拜託，其他四個學姊也都合著雙手低頭拜託。

「並不一定要我們啊。」正也沒有輕易被說服，「這個社團沒有男生嗎？」

沒錯。在介紹社團時，首先不是要說明社團的成員嗎？像是有幾個三年級的男生和女生，廣播社的招生宣傳單和介紹社團的小冊子上都沒有寫，學姊在新生訓練的台上也沒有提到這個問題。

「三年級只有我們這幾個人，目前由我們五個人創作電視短劇。」

月村社長回答，五個學姊的臉上都沒有笑容。看來這裡並不是和樂融融的社團。

「二年級雖然有男生，但他們目前正在製作紀實電視節目，所以不願意提供協助，或者說對電視短劇沒興趣……而且他們也不符合角色的形象。」

「那是什麼角色？」

正也問。

「是純樸的鄉下高中生。」

週二學姊語氣開朗地插嘴說，然後笑著問社長以外的三個學姊說：「對不對？」

「沒錯沒錯，不喜歡看新聞報導，超喜歡搞笑節目的感覺。」

「雖然想要交女朋友，但不敢主動告白的感覺。」

「基本上就是很老實的男生。」

週三、週四和週五學姊接著說道，我覺得她們根本在耍我們。

月村社長輕輕嘆了一口氣。

「我們並不是在鬧你們，也不是在調侃你們，而且我覺得比起口頭說明，親身體驗一下，哪怕只有一個鏡頭，也有助於充分瞭解廣播社的活動，所以你們不妨認為是體驗入社，你們覺得如何？而且我覺得自己實際參加演出，也對劇本創作有幫助。」

「那就只此一次。」

正也回答。沒想到他竟然答應了。

但是，正也進入青海學院的目的就是為了參加這個社團，即使這裡和他原本想像的氣氛不一樣，他應該也不會立刻改變心意。

「太好了！」週二到週五學姊相互牽著手歡呼起來。

「這就是劇本。」

月村社長從桌上的那疊劇本中拿起兩本，放在正也和我的面前。難道我也自動「被參加」了？

正也翻開劇本，看著「出場人物表」那一頁。

「這兩個角色分別是同學A和B，由你們自己決定誰要演哪個角色，下個星期一之前要把劇本看完。」

「好。」

「不，讓你們自己決定似乎有點太失禮，那就由宮本演同學A，町田演同學B。」

社長也對我露出笑容。

沒錯，我叫町田。不對，這不是重點，重點是我已經來不及聲明，我根本還沒有答應要加入演出。

我和正也都搭電車來學院，所以參觀結束後，必然要一起搭電車回家。

我完全沒想到，入學第二天，放學回家時，新書包裡竟然裝了電視短劇的劇本。

雖然我很想知道正也對廣播社和那幾個學姊有什麼看法，但我不願意直接問他。

想像自己如果沒有發生車禍，去參觀田徑社時遇到那種狀況，心情就不由得沉重起。

「沒想到劇本比我想像中更薄。」

我說了完全無關緊要的話。這是迂迴作戰法。

「JBK的高中生傳播比賽的戲劇類別，無論電視短劇和廣播短劇，都規定要控制在九分鐘以內。」

正也淡淡地向我說明學姊剛才沒有說的事，他沒有絲毫的得意，看到我對劇本有興趣，既沒有驚訝，也沒有高興的樣子。

「原來是這樣，我還以為一個小時，至少也有三十分鐘。」

我也認真地回答。

「九分鐘的時間很半調子吧。在播放作品之前，先介紹來自哪一所高中，作品名字是什麼差不多佔了一分鐘，所以總共是十分鐘。」

「原來是這樣。」

「但我並不認為九分鐘很短，我在網路上查這項比賽的簡章時，還很驚訝地覺得短短九分鐘能夠表達什麼，在春假時實際寫了之後，才發現九分鐘很長，寫完時覺得超累。」

「是啊，要認真挑戰九分鐘不是一件輕鬆的事。」

我並不是隨口表示贊同。

正也停下腳步看著我，似乎感到很驚訝。

「你曾經意識過九分鐘的時間嗎？」

當然有。只不過要不要告訴他……不，也許現在是告訴他的好時機。

「那是我跑三千公尺時的目標。」

我在中學期間，隨時都意識到九分鐘這個時間。

但是，我從來沒有在九分鐘以內跑完三千公尺。

我的最佳紀錄是九分十七秒。

中學一年級，我剛進入田徑社時的成績是十分二十三秒。田徑社的顧問村岡老師看了我的這個成績後，建議我成為長跑選手，在十分鐘內跑完三千公尺成為我最初的目標。

一年級秋季運動會時，我第一次在十分鐘以內跑完三千公尺，成績是九分五十五秒。接下來的目標是成為縣賽標準記錄的九分四十秒。即使在地域賽中幸運地擠進前三名，如果正式記錄無法突破九分四十秒這個標準記錄，就無法參加某些比賽。

在二年級的春季運動會上，我以九分三十八秒突破了這個成績，之後的目標就是努力縮短一秒鐘，持續更新自己的新紀錄。

同時，包括我在內的所有田徑社的人，都很期待良太能夠突破九分鐘的關卡。連我媽也在聲援他，相信還有更多人關心良太的成績。

良太在剛進入田徑社時，就已經輕鬆突破了標準記錄，他在中學畢業時的最佳成績是九分零五秒。

他因為腿受傷的關係，在中學期間沒有刷新在二年級夏天的縣賽中得到第四名時的記錄，但如今腿傷已經痊癒，又加入了青海學院的田徑社，刷新當時的記錄只是時間的問題。

如果沒有那場車禍，我也會在運動場上跟在良太身後，以突破九分鐘為目標。

對良太來說，突破九分鐘並不是太高的難題，只是過去的目標，但對我來說……已經是遙不可及的數字。

如果是十分鐘這個數字，以後應該也會意識到。不，必須意識到。聽班上的同學說，每次上英文課，前十分鐘都是隨堂小考，如果無法答對五成，放學後就要留下來補習。

除此以外，應該還有許多「十分鐘」。

但是，我相信以後再也不會意識到「九分鐘以內」這個數字了。

「圭祐，太厲害了。」

我正心不在焉地思考著時間的問題，發現正也瞪大眼睛看著我。說實話，我還不太瞭解是什麼打動了正也的心弦。

「什麼？」

「九分鐘這個半調子的時間，不是已經烙在你的身上了嗎？」

「那只是跑步的時間，但這和戲劇有關係嗎？」

「當然大有關係，為了在九分鐘內跑完三千公尺，必須調整呼吸、速度的分配和衝刺的時機，頂尖選手對這種整體的流程和節奏的經驗，就是在某個領域持續研究後的完美狀態，我相信一定可以充分運用在其他領域。」

正也似乎說得太用力了，他重重地吐了一口氣，所以淹沒了我的嘆息。

「如果你需要頂尖的經驗，可以去請教良太。」

「這種事，不是別人教一下就能夠理解的，更何況你不也是頂尖選手嗎？在中學驛站接力賽時，你是縣賽亞軍隊伍的主要成員，在區域選拔賽時，還曾經獲得區段獎。」

「你怎麼知道這些事？」

我目瞪口呆地看著正也。

「照理說，應該在愛的告白之前充分調查對方的情況，但一見鍾情的話，告白之後再調查也不遲。我去看了三崎中學官方網站上去年社團活動的得獎記錄，發現有你的名字。」

我甚至不知道以前讀的學院還有官方網站這種事。既然……

「所以……」

我才說到一半，正也用力吸了一口氣。他似乎還沒有說完。

「我得知你是很厲害的選手後開始後悔，覺得自己完全不瞭解你受傷的情況，就神經大條地邀你加入文化性社團是不是不太好，還打算向你道歉，但後來又想，你可能討厭別人用這種方式對待你，所以還是用昨天的態度和你相處，或許你也不喜歡聽別人這麼說。」

「不……」

「所以我很驚訝你竟然主動提起田徑的事，而且聽到九分鐘，還立刻想到了三千公尺，我超感動，覺得你果然很厲害。」

「謝謝。」

我沒有自信是否真的把這句話說出了口。雖然我原本想嗆他說，「可不可以不要亂用愛的告白這種字眼」，但現在這種事已經不重要了。

別人當然要對我有所顧慮，但這種態度太明顯，反而會讓我火大。我相信自己在他面前表現出這種態度。

對於高中生活，我只覺得自己的希望和期待都留在中學時代，未來三年只有時間會無意義地流逝。

但是，有人在瞭解我的狀況之後，邀我一起去探索新的世界。雖然我沒有自信能不能對此產生興趣，但這種事以後再思考也無妨。

要優先說出目前必須說的話。

「這……」

正也靦腆地用指尖抓著鼻頭。他剛才在播音室也做了這個動作，這也許是他不知所措時的習慣動作。

「那你要更加具體地告訴我，跑三千公尺的九分鐘要怎麼對戲劇創作發揮作用。」

如果持續奔跑的三年能夠對未來有幫助，哪怕只有百分之一的可能性，我也想知道。

「晚搭幾班電車回家也沒問題嗎？」

太陽還高掛在天空中，以前讀中學時，正是社團活動的時間。

我們去車站的自動販賣機買了保特瓶裝的運動飲料，然後在旁邊的長椅上坐了下來。

正也從書包裡拿出一本很厚的筆記本，上面用粗號麥克筆寫了「創作筆記」幾個字。如果是我，應該不會在封面上用這種遠遠就可以看到的大字寫標題，即使寫了，也不會拿出來給別人看。

因為太丟臉了。

這也證明我在內心認定創作小說或是漫畫的人都是宅男、宅女，雖然感到很抱歉，但我對廣播社也有相同的感覺。

說白了，就是我覺得參加廣播社很丟臉。

我想起以前讀中學時，田徑隊的學弟說，他覺得早晚在住家周圍跑步自主訓練很丟臉。我當時完全搞不懂為什麼會覺得丟臉，為了達到自己的目標而努力，何必在意別人怎麼看自己。

這種狀況和目前一樣。因為彼此認真投入的程度不一樣。

正也發自內心想要創作戲劇。

他翻開的那一頁上，畫了兩種好像在解數學的路線問題和速度問題時畫的線圖。兩種線圖分別是將九公分的橫線分成「起、承、轉、合」四個部分，和「序、破、急」三個部分，但都不是等分。

「這是故事的基本架構，你應該聽過起承轉合吧？」

正也指著線圖問我。

我記得國文課曾經教過，雖然老師當時說，除了寫小說以外，也可以運用在作文上，但我每次寫作文都只顧著填滿規定的稿紙，從來沒有意識到這件事。

「只是聽過而已。」

「我在立志成為編劇之前也和你一樣，我的國文成績雖然不錯，但作文從來沒有得過獎。」

正也說完，嘿嘿笑了起來。

「先說起承轉合，圭祐，你喜歡哪一種類型的故事？」

「我很少追電視劇，也不會去看電影，更是完全不看小說的人。」

我在說話時，發現這句話聽起來我像是一個無腦的傢伙。但是，我並不是碌碌無為過日子，之前每天都在跑步，退出社團之後，又為了考高中用功讀書。

只有在住院期間才終於閒下來。

「但看了不少漫畫。」

我說了在住院期間，良太帶給我看的那些漫畫中最有趣的作品名字。那是描寫一所有偵探社的高中的故事。

「喔，原來你喜歡推理。」

正也似乎也看過那套漫畫。

「如果用起承轉合來表達推理作品。」

正也從書包裡拿出筆盒，用紅筆在筆記本的空白處寫了「起、承、轉、合」幾個字，每個字之間都空了一小段距離。

「首先，起就是發生了事件，主角的偵探或是刑警出現。」

他在說話的同時，把自己說的內容寫在筆記本上，我看著他寫的內容。

起 事件發生。
主角的偵探（或刑警）出現。

承 解謎，開始偵查。
出現各種障礙。

轉 得到有助於推翻不在場證明的重要線索。
逮捕凶手。

合 可喜可賀（圓滿結局）。
即使破了案，仍然感到心情鬱悶（致鬱系推理）。

他這樣歸納之後，的確一目瞭然。

「原來是這樣……但為什麼逮捕凶手不是『合』？」

「我原本的想法也和你一樣，但現在這樣更合理。因為沒有任何一部作品指著凶手說，你就是凶手，然後為凶手戴上手銬，故事就馬上結束了。」

聽他這麼一說，我想起漫畫的結局通常會描寫了被害人之後的情況，和偵探回到日常生活的情況。

「以『桃太郎』這個故事來說，打敗惡鬼為止是『轉』，和他的夥伴狗、猴子和雉雞帶著寶物回到老爺爺和老奶奶身邊才是『合』。」

正也又以民間故事來說明。雖然我沒有閱讀習慣，但也聽過幾個這種民間故事。

「以『灰姑娘』來說，到穿上水晶鞋為止是『轉』，舉行婚禮才是『合』嗎？」

「沒錯，沒想到會從你的嘴裡聽到『灰姑娘』的例子。」

正也笑著看我。

其實我原本想舉「浦島太郎」的例子，他打開玉手盒變成兩鬢銀絲的老爺爺為止是「轉」，但我忘了之後的「合」是怎樣的情節。

「『轉』和『合』的區分有點模糊，所以把這兩個部分結合在一起，只分成三個部分，就是『序破急』。」

正也指著筆記本上寫的文字。

「是喔，雖然我今天第一次聽到『序破急』，但你這麼一說我就懂了，其實就是相當於起、承、轉合，對不對？」

「沒錯，我認為以九分鐘的電視短劇來說，用容易分解的『序破急』來思考故事的架構更清楚……但並不是只要三等分就好。」

正也輕輕嘆了一口氣。

「為什麼？」

「假設推理漫畫總共有九集，偵探卻要等到第四集之後才出現，你能夠接受嗎？」

「那會無聊死。」

「沒錯。教科書上說，『序破急』的大致比例是一比八比一，或是一比七比二，但大師說，故事情節的安排不需要刻意區分比例。」

「大師？」

「先不說這件事，總之，即使內容再怎麼精彩有趣，故事能不能夠吸引人，關鍵在於劇情的安排和節奏，讓人忍不住聽得入了神，看得入了神。如果是小說的話，就是讓人愛不釋手。」

正也咕嚕咕嚕地喝著運動飲料，一臉嚴肅的表情看著我。

「我從來沒有經歷過完美九分鐘的經驗，如果要我跑九分鐘，我會上氣不接下氣，只顧著跑而已，但是，你的九分鐘是雕琢到極限，呈現出最佳狀態，宛如一件藝術作品的時間。」

我的腦海中浮現出良太跑步的姿勢，就像是「熱帶稀樹草原的風」。我追隨著他奔跑的身影，起初是無意識，之後刻意將他的跑步姿勢烙在腦海中，然後有了屬於我自己的長跑。應該就是這樣。

「所以，我希望你帶著跑三千公尺的感覺看我寫的劇本，如果覺得一開始衝太快，後半部分太喘，或是衝刺的時機點太慢了，可以告訴我。我希望藉由寫劇本，讓身體記住屬於我自己的九分鐘是怎樣的感覺。」

正也果然太高估我了，我不知道自己能不能想像長跑的感覺看故事。

「拜託你，請你加入廣播社！」

正也合起雙手，低頭拜託我。

比起昨天他稱讚我的聲音好聽，他今天說的這些話讓我更加高興，我不想對他說「沒辦法啦」這種話。

「雖然我不知道能不能順利……但反正我也沒有其他事。」

我好像真的會被他拉進廣播社。

「真的嗎!?」

我擔心他會撲過來抱住我，慌忙從長椅上站了起來。不知道是不是剛好遇到社團活動結束的時間，車站有很多青海學院學生的身影。

當我不經意地想到自己拚了老命苦讀，才好不容易擠進這所學院，就覺得穿著青海制服的每一個人看起來都比我聰明。

「話說回來，即使不需要我的協助，你這麼用功，一定可以寫出很厲害的劇本，而且，比起我這種人，那些學姊……」

我原本想說，那些學姊的建議應該更有幫助，但我把話吞了下去。因為我想起了那幾個不知道是不是真心喜歡廣播社的三年級學姊。

「當然，這就是我參加廣播社的目的，所以我也很期待學姊寫的劇本。」

正也把筆記本放回書包時，輕輕抓著黃綠色劇本的角落說。我的書包裡也有相同的劇本。

「你覺得沒問題嗎？」

最後，我還是忍不住問了這個問題。

「雖然和我原本想像的氣氛不太一樣，但青海學院畢竟是經常進入全國比賽的學院，而且既然去年在紀實廣播節目的項目中進入了全國比賽，就代表那幾個學姊創作的作品入選了，雖然她們很聒噪，但我相信她們寫出來的劇本應該很不錯。」

正也語氣開朗地回答，而且沒有用指尖抓鼻頭。看來我的擔心是多餘的。

「是啊，而且在新生訓練時那個聲音很好聽的學姊不在，社長月村學姊看起來也很實在。」

「圭祐，你太了不起了，竟然記得別人的名字，我只聽到月字，就想到她是週一學姊，然後其他人就自動變成了週二到週五學姊。」

喔喔。我忍不住拍著正也的肩膀。

「我也一樣。」

那個長頭髮的學姊是週二學姊吧。我們兩個人好像在對答案，然後開始討論，不知道電視短劇的主角是週幾學姊。

原本打算只看有我的戲分的部分就好，但既然聽正也說了劇本的架構，所以覺得還是看完整個劇本，瞭解一下這個劇本的整體架構比較好。

在閱讀的時候，要想像跑三千公尺的感覺。

我一口氣喝完了保特瓶內剩下的運動飲料。

雖然沒有做任何流汗的事，但有一種水分慢慢滋潤腦袋深處的熟悉感覺……

不知道為什麼，胸口隱隱作痛。

第二章　劇情梗概

星期一是我們和廣播社的學姊約好拍攝的日子。

我在鞋櫃前遇到了正也。

「早安……你看了那個嗎？」

我盡可能用開朗的語氣問。

「喔，嗯。」

正也用指尖抓著鼻頭。果然是這樣。我只能苦笑。

「要不要放棄？」

這句話有五成出自真心，正也的回答可以讓它增加到十成。

「不，既然已經約好了。」

正也嘆著氣回答。我相信這個週末，他應該嘆了無數次氣，至少是我的五倍。

但帶著這種心情等到放學真的沒問題嗎？

「正也，你有沒有帶便當？」

「嗯。」

「那要不要一起吃便當？」

雖然最好和班上的同學一起午餐交流一下感情，但今天要和正也討論對策。

「好，那上完第四節課時，我去你的教室找你。」

正也說完，又嘆了一口氣，走去自己的教室。我看著他駝背的樣子，忍不住納悶，他以前有駝背嗎？

但我不能一直思考廣播社的事，因為今天雖然是開學第三天，但已經正式開始上課，從第一節到第六節上好上滿。

除了英文課以外，每次上數學課的前十分鐘也有隨堂小考試。如果答對不滿五成就不及格，也要在放學後留下來補課。

乾脆第一天就考不及格。我甚至動了這種荒唐的念頭，只可惜老師說從下一堂課才開始小考。

科任老師的自我介紹太長，我忍不住腦袋放空時，原本被我擠到腦袋角落的故事漸漸擴散。

電視短劇的劇名是「交換」。

在聽了正也的講解後，我瞭解到根據「起承轉合」和「序破急」安排劇情的重要性，但說到故事的趣味性，比起這種技巧問題，關鍵還是內容。

以「序破急」來說明〈交換〉的劇情大致如下。

序　有兩個女生，其中一個女生雖然姿色平平，但夢想成為偶像。另一個女生雖然外形亮麗，但喜歡下廚和做手工藝。兩個女生都在為大家很容易以貌取人感到苦惱。

破　有一天，兩個人要去其他教室上課時，不小心在走廊上相撞，結果兩個人交換了身分。雖然她們感到不知所措，但因為外形的改變，讓她們發現了自己身上具備了以前沒有察覺的魅力。

急　她們在圖書館偶然發現的文獻中，得知了可以讓她們的身分換回來的方法。她們在順利變回原來的自己之後，充分運用在交換身分期間發現的新優點，過著幸福快樂的高中生活。

就連很少看小說的我，也覺得整個劇情是根據我以前看過、聽過的故事拼湊出來的內容。

我雖然沒去看去年那部很紅的那部電影，但我記得也是男女主角交換身分的故事。

雖然只是去參加高中生的比賽，但這種程度的故事，真的有辦法進入全國比賽嗎？雖然如果學姊嗆我，既然你覺得不好，那你來寫，我只能說抱歉，即使這樣，我仍然可以斷言一件事。

這個故事很無聊。

在看劇本時，非但無法讓我想到跑三千公尺時的感覺，反而呵欠連連，而且看了三次時間，覺得九分鐘怎麼那麼長。

不要把這種爛東西和跑三千公尺混為一談。我一度對正也感到火大，但我想起他那本厚厚的「創作筆記」，覺得正也應該比我更加深受打擊，然後很後悔沒有和他互留手機號碼。

午休時，我和正也離開教室，盤腿坐在厚實的逃生門前打開了便當。

我們的便當差不多，白飯佔了便當盒的八成，鮭魚和肉丸等主菜只有一成，花椰菜和小番茄等配菜佔一成，兩個人的便當內都沒有水果或是甜點這種可愛的點綴。

「序破急。從某種意義上來說，我們便當的比例都很均衡。」

我覺得自己的聯想很出色，用正也之前教我的知識形容了我們的便當，但正也一臉愁容，於是我就直接問了他對「交換」的感想。

「雖然兩個人都是女生，但這種交換身分的設定會不會太唬爛了，這不是在抄襲去年的電影嗎？」

正也把筷子放在已經吃掉一半的便當盒上。

「這和穿越時空、超能力一樣，算是一種類型，即使已經有人拍了類似的題材，也不算是抄襲。去年那部電影之前，也已經有男女身分互換的傑出電影，還有一齣電視劇是母女交換身分。」

「原來是這樣。」

聽了正也的回答，我充分瞭解到自己之前對電影和電視劇太陌生了，我相信漫畫和小說也有很多類似的故事。

「只不過我也覺得這個故事太缺乏原創性。」

正也嘆了一口氣。

「她們是不是想寫流行的題材？」

我問的問題聽起來像在為學姊辯護。

「不，我猜想只是受到影響。」

「什麼意思？」

「當因為某個故事深受感動時，明明是別人寫的故事，但因為印象太深刻，就會產生錯覺，以為是自己想出來的。」

明明是別人的想法，但在無意識中留下深刻印象，結果誤以為是自己想出來的……

「會不會不好理解？」

我搖了搖頭說：

「就好像自己並不覺得在偷學別人跑步的姿勢，只是覺得自己崇拜的選手跑步的樣子很好看，看久了之後，自己也變成了那個姿勢。」

即使我沒有說名字，正也應該也知道我崇拜的選手是誰。

「圭祐，每次和你說話，都會覺得自己說的話好像是偷來的，感覺好丟臉，這就是有沒有認真投入過一件事的差別。」

他是在稱讚我嗎？

正也拿起筷子，默默地繼續吃便當。我該不會惹他生氣了？我是不是在無意識中說了什麼惹毛他的話？

即使絞盡腦汁也想不出答案，我只好默默吃便當。

「我跟你說……」正也把便當蓋子蓋起來的同時開了口，「我看『交換』的劇本時超失望，完全沒有讓人驚豔的內容，台詞也像說明文一樣冗長，而且又拖拖拉拉。」

我點了點頭，既表示「果然是這樣」，又代表我也有同感。

「但是，我現在才發現，我的這些負評並不是建立在自己經驗的基礎上。說到底，就是要自己先寫出一個劇本，才有資格批評或是感到失望。」

正也露齒一笑，害羞地抓了抓頭。他似乎恢復了我所熟悉的（雖然我們變成朋友還不到一個星期）正也。

「話說回來，劇本只是設計圖，也許那幾個學姊是演技派，也搞不好可以把普通的故事拍得很有趣。」

他對劇本的看法也很正向。

就在這時，通往逃生梯的那道厚重的門突然打開，背靠著那道往內開的門坐在那裡的正也「哇哇」叫著站了起來。

一個女生慢慢走了進來。她的一隻手上拎著小提袋。

「對不起。」

她用幾乎聽不到的聲音說完，撿起地上的大手帕。

「給你。」

她把手帕遞給正也。

「啊，不好意思，謝、謝謝妳。」

正也突然驚慌失措，抓著頭，接過了手帕。那個女生甚至沒有打招呼就快步逃走了。

正也注視著她的背影離去後，再度坐了下來。

「雖然新學期才剛開學不久，我們就坐在這裡吃便當有點問題，但沒想到竟然有女生去逃生梯。不知道她是幾班的。」

「她和我同班，叫什麼……咲樂。」

我說了她的名字，因為我不記得她的姓氏。

「沒想到你竟然記住了她的名字，可見你也發現了。」

「啊？」

「你少裝糊塗了，她很可愛。」

正也說完，用力拍著我的肩膀，似乎想要掩飾他的害羞。

她很可愛？她戴著眼鏡，而且長瀏海遮住了大半張臉，無論怎麼看……正當我內心浮現這個疑問時，想到了正也看人的標準。

「你是說她的聲音嗎？」

「當然啊！也許是因為聽了她名字，咲樂和櫻花發音相同的關係，我覺得她的聲音就像是櫻花的花瓣飛舞般柔軟，很透明。」

正也一臉陶醉的表情說。我忍不住佩服他，竟然可以從剛才那麼小的聲音中有這麼多想像。

「我無法理解這種感覺。」

「那你為什麼會記得她的名字？」

我是在幾個小時之前，才知道班上有這個同學。

第二節下課時，我上完廁所回到教室，有兩個女生擋在教室後方的門前聊天。

「借過一下。」我從她們中間走進教室，聽到身後傳來說話聲。

——太衰了。

我以為她們在說我，忍不住轉過頭，發現她們看著一個坐在自己座位上，正在看文庫本的女生。

——竟然和咲樂同班，簡直衰爆了。

她們聊天的聲音原本就很吵，在說某一個同學的壞話時，比剛才更提高了音量。

咲樂一動也不動地坐在那裡繼續看書，我覺得她極力裝出無動於衷的樣子，內心忍不住感到鬱悶。

「……雖然我無意批評這所學院的水準，但發現青海學院也有說這種低級壞話的人，讓我感到很失望。」

我嘆著氣說，正也也深深地嘆了一口氣，似乎表示也有同感。

「這代表即使功課好，人品未必一定好。曾經有人說，在網路上寫別人壞話的，通常都是別人眼中的菁英。」

「原來是這樣。」

「那些人都是自視過高，個性卻很孬的人。雖然努力擠進了青海，但內心有很多不安，所以專門攻擊一些絕對不會還擊的對象，讓自己感到安心。」

正也看著遠處。筆直延伸的走廊上到處可以看到我們的同學。

「這裡並不是什麼特別的地方，但一種米養百種人。我很想寫出這樣的故事。」

我聽著正也的話，點了點頭，忍不住思考，不知道三年級的學姊想要透過「交換」這齣電視短劇表達什麼。

放學後，我和正也分別成為班上矚目的焦點。因為三年級的學姊在走廊上等我們下課。

除了社長月村學姊以外，週二到週五四名學姊分成兩組，分別走在我和正也的兩側，把我們帶去拍攝地點。

我覺得自己就像是做了壞事的歹徒被押去警察局，渾身都不自在，而且我覺得和我們擦身而過的每個人似乎都嬉皮笑臉，好像在看好戲般看過來。

雖然學姊是為了阻止我們逃走，協助她們拍影片，但她們這麼做，反而會影響我們配合的意願。

「對不起，因為我們實在找不到其他願意幫忙的人。」

走在我右側的週五學姊一臉歉意地小聲說道。五名學姊中，她看起來最文靜。

既然只有兩個男生的角色，只要找她們的男朋友來幫忙不就搞定了嗎？雖然我這麼想，但總覺得這五個學姊應該都沒有男朋友，甚至沒有男性的朋友，她們都是那種整天和女生混在一起的類型。雖然我沒有資格這樣自命不凡地分析她們。

「很快就結束了。」

我左側的週二學姊語氣開朗地說。

「而且，等拍完之後，我們會告訴你們新生考試容易出題的範圍，還是你們不需要？」

學姊竟然提出了令人心動的交換條件。

「拜託了。」

我賠著笑回答後，立刻感到後悔。明明是我們幫忙她們，這樣好像變成了我們欠她們人情。但是，週二學姊沒有再說話，而是停下了腳步。

我們已經來到院門口。

要在這裡拍嗎？我沒必要問這個問題，因為我看到月村社長站在門柱旁，她旁邊放了一張鐵管椅，豎在椅背上的素描簿上寫著「廣播社從下午三點半開始在此拍攝，敬請諒解」。

關於拍攝地點，劇本上在我和正也出現的那一幕前寫著「6　正門前」幾個字。這個部分似乎稱為「景」。

帶我們過來這裡的四名學姊說「我們要去準備一下」，跑去院舍的方向，於是就由月村社長監視我們，不，應該說是陪著我們。

「請問我們不需要做任何準備工作嗎？」

正也問社長。

「雖然我覺得你們的制服好像太新了，但也沒關係啦。對了，你們記住台詞了嗎？」

「記住了。」

正也回答的同時，我也點了點頭。

「真的嗎？謝謝。」

社長笑著向我們鞠了一躬。我覺得沒什麼好謝的，因為我和正也都只有一句台詞而已。

「但還是再復習一下好了。」

我把書包放在腳下，把劇本拿了出來。

「你還畫了重點線。」

正也在一旁探頭看我的劇本。

我看著劇本的內容，在腦海中想像等一下要演的場景。

正也和我是走在放學路上的學生A和B……

當我們懶洋洋地走在放學路上時，兩個女生——靜香和明子從後方走來，當她們超越我們時，靜香很有精神地對我們說「拜拜」，明子沒有吭氣。

我們停下腳步，有點驚訝地看著她們離去的背影。然後開始說各自的台詞。

少年A（正也）「靜香以前都很文靜陰沉，最近變得開朗了，而且變得很會打扮，感覺很不錯欸。」

少年B（我）「對啊對啊，以前明子很愛打扮，也很吵，但最近變得文靜了，也不再化妝了。不瞞你說，我更喜歡她目前的樣子。」

……就這樣而已。雖然我們都只有一句台詞，但我們說明了這齣戲的關鍵部分。

從某種意義上來說，這兩個角色發揮了重要的功能。

週三學姊和週四學姊回到了院門口，她們都拿著拍攝的器材。

個子嬌小的週三學姊拿著手持攝影機，竟然和我家的那一台攝影機型號相同，只是顏色不一樣。我家那台是我讀小學六年級時買的，所以算是舊機種。

身材高挑的週四學姊拿了一台相機。學姊把相機固定在管腳拉長的三腳架上，我忍不住走過去張望。

「這是相機吧？」

我鼓起勇氣問。

「對，這是微單眼相機。」

週四學姊語氣開朗地回答。

「這個可以拍影片嗎？」

問了之後，我才為自己就像我媽一樣，問了這種落伍的問題感到丟臉。但是，學姊並沒有嘲笑我，而是很開心地向我說明：

「當然有拍攝影片的功能，這次拍電視短劇時，也是以這台相機為主拍攝。這台相機輕巧好用，而且最大的優點是可以更換鏡頭，可以配合不同的場景拍攝。」

「這個長筒狀的東西是什麼？」

「這是外接麥克風，相機的麥克風會把遠處的雜音也一起錄進去，但這個外接麥克風可以選擇錄音的範圍。」

「有辦法做到嗎？」

我想起媽媽拍攝田徑比賽的影片。大部分父母在自己的兒女沒有上場比賽時，都會聊一些和田徑完全無關的話題，媽媽拍的影片總是錄到許多這種閒聊的聲音。

「那台手持式錄影機呢？」

正也加入了我們的談話。正也應該並不是只對劇本有興趣。

「接下來拍攝的第六場戲會用這一台相機近距離拍攝，但也需要遠距的畫面，所以要用兩台同時拍攝。」

聽到學姊說要近距離拍攝，這意味著除了說台詞以外，還要發揮一下演技。我內心不由得緊張起來。

當我和正也把微單眼拿在手上、看著取景框時，月村社長坐在放了素描簿的鐵管椅上，打開小型筆電，似乎正在確認接下來準備拍攝的部分。

看到學姊認真的表情，我內心更加緊張。這時，週二學姊和週五學姊回來了。

週二學姊把一頭長髮綁成了麻花辮，戴了一副黑框眼鏡。週五學姊把稍微超過肩膀的妹妹頭頭頂部分，用毛茸茸的橡皮圈綁了一個沖天炮髮型，而且稍微化了淡妝。

所有人都到齊之後，月村社長向我們四個演員說明位置，負責拍攝工作的學姊也移動了攝影機的位置。

「要稍微放慢腳步。」

雖然學姊這麼建議，但對現在的我來說，只是用平常的速度走路。我暗自慶幸學姊沒有叫我走快一點。

「圭祐，放輕鬆啦。」

正也用力拍了一下我的背，他自己從剛才開始就深呼吸了好幾次。

雖然我很在意放學經過院門口的學生不時瞥向我們，但幸好沒有熟面孔。

「那第六場開始排練。」

月村社長說，但並沒有像電視上看到的那種場記板。

「開始！」

月村社長用力拍了一下手。

少年A和B懶洋洋地並肩走向院門，但為什麼我們兩個人都不說話？難道是小考不及格嗎……

靜香和明子從後方走來，然後超越了我們。

「拜拜。」

週五學姊轉過頭對我們說了這句台詞，正也目送著她們離去的背影，微微偏著頭，說了他的台詞，我也慌忙說了我的台詞。

我從小到大，從來沒有參加過任何戲劇表演。照理說幼稚園的時候應該會有類似的經驗，但所有文化性的活動中，我只參加過合唱而已。

我之所以會想這些事，是因為我發現自己人生第一次演戲的演技差到極點。唯一的可取之處，就是我正確無誤地說完了台詞。

「好，ＯＫ！」

笑。

社長拍了一下手。我用力吐了一口氣，和正也互看了一眼，兩個人臉上都露出了苦笑。

五名學姊聚在一起確認了影片，但目前是這個階段嗎？

「不錯啊。」

週二學姊大聲地說。什麼不錯？拍攝的角度嗎？

「……好啊，那就正式拍攝吧。」

月村社長看著四名學姊說完，最後看向我們。她的臉上有一絲心灰意冷的表情。其他幾名學姊說著「好」，回到了各自的位置。

「那我們也走吧。」

聽到正也這麼說，我也走去一開始站立的位置。正也用右手食指抓了抓鼻尖。這個動作證明他難以接受就這樣正式開拍，但他並沒有多說什麼。

「第六場，正式拍攝。」

社長大聲宣佈。事到如今，只能努力發揮比剛才好一點的演技來演。

「開始！」

在社長拍手的同時，我們走了起來。我放鬆心情，努力避免動作生硬。

週二學姊和週五學姊從後方走來，週五學姊用和剛才相同的語氣對我們說「拜拜」。

我們停下腳步，目送著她們的背影。

怎麼了？正也沒有說他的台詞。他緊閉雙唇，看著前方。他忘詞了嗎？我要不要代替他說？

「停！」

月村社長大聲說道。ＮＧ。她跑了過來，但正也完全沒有畏縮的樣子。

「你忘了台詞嗎？」

社長語氣溫柔地問。

「我沒忘，但是……」

正也停頓了一下，社長微微皺起眉頭。

「你有什麼不滿意的地方嗎？」

「不滿意的地方太多了。」

正也語氣堅定地說。

重複對方的話是為了強調。我腦海中浮現出這種無關緊要的話，是因為我很緊張嗎？不要和三年級學姊發生衝突。雖然我心裡這麼想，卻無法說出口。

「首先，到底誰是明子，誰是靜香？」

真的直接槓上了嗎？

「怎麼了怎麼了？是我們的問題嗎？」

週二學姊說著，和週五學姊一起走了過來。

「只要一看就知道了，敦子是明子，光流是靜香啊。」

社長輪流看著週二學姊和週五學姊說。週二是火曜日，火代表熱，敦這個字又和熱同音；週五是金曜日，金子會閃閃發光，所以叫光流。不，現在不是為這些事感慨的時候。

「現在她們互換了身分，所以明子變得很文靜，靜香變得很活潑，對不對？」

正也確認道。

「對啊。」

週二學姊敦子雙手拉著麻花辮回答，似乎在說，所以我才換了這個髮型啊。

「但是，靜香剛才說拜拜時很無精打采。」

正也說話時並沒有帶著攻擊的語氣，只是淡淡說明事實，但我從月村社長一臉為難的表情中知道，在我們周圍有許多無法實話實說的事。

但是，敦子學姊仍然一臉若無其事的表情。

「那是因為你只看到這一幕的關係，我覺得光流已經用她的方式說得很開朗了。」

「不要說了！」週五學姊——光流學姊大叫起來，「反正我無論再怎麼努力也沒用，我就是沒辦法演得很開朗。」

光流學姊的演技遭到正也否定，同年級的敦子學姊為她辯解。她的眼眶中含著淚，然後撲簌簌地流了下來。

這是怎麼回事？以前讀中學時，我曾經遠遠地看過類似的景象，但還是第一次近距離看到這種狀況。

負責拍攝的兩名學姊也跑了過來，大家都戰戰兢兢地圍在光流學姊身旁。正也用右手食指抓著鼻頭。

莫名其妙。

我和抽抽噎噎的光流學姊對上了眼。

「幹嘛！你有意見就直接說嘛！」

我嗎？不是正也？

不知道為什麼，光流學姊把憤怒的矛頭指向了我，難道是我剛才不小心把內心莫名其妙的想法說出了口？

真傷腦筋。我腋下流著汗。

我覺得學姊的演技很好啊。即使我這麼說，也會馬上被識破是違心話。

「圭祐他……」

正也想為我解圍，但話只說到一半。正也，怎麼了？這種時候就要勇敢說出口啊。我想用眼神這麼告訴他，才發現不對勁。

我可以自己說啊。

即使廣播社的學姊討厭我，我也沒有任何損失。如果我沒有發生車禍，加入了田徑社，遇到這種情況時，為了能夠繼續跑步，一定會克制真心，向學姊道歉。

也許這幾名學姊也是因為不願意離開自己最愛的廣播社，所以彼此在劇本、演技和其他各方面，都避談「我認為這樣會更好」之類的意見，得過且過地維持這個社團。

用這種方式參與社團活動也沒問題。不久之前，我還認為大部分文化性社團都是建立在和樂融融的關係上，但是，如果是這樣，就不該輕易把有些話掛在嘴上。

比方說，全國比賽。

學姊練習了幾次，才會說「反正我無論再怎麼努力也沒用」這種話？是練習了幾十次、幾百次之後，仍然沒有成果，才流下這種懊惱的眼淚？

我直視著光流學姊，想鼓起勇氣問她這些問題。

「請……」

「等一下！」

月村社長向前一步，打斷了我的話。

「町田，你沒必要道歉。」

社長露出認真的眼神看著我。她說話吞吞吐吐，聽起來像是鼓起勇氣說出原本不想說的話。

道歉？我又沒做錯任何事。

「是我的錯。」

社長對我用力點頭，似乎表示她會代替我扛下所有的罪，然後轉頭面對光流學姊，和圍在光流學姊身旁的另外三名三年級的學姊。

「對不起，」月村社長合起雙手，深深鞠了一躬，「妳們去做準備工作時，我應該詳細向他們說明接下來要拍的場景。」

說完，她輕輕吸了吸鼻子。

「如果讓他們看之前拍攝的內容，宮本應該就不會產生混亂……」

月村社長說到這裡，也流下了眼淚。這到底是怎麼回事？我看向正也，想要向他求助，他也露出無助的眼神看著我。

「彩莉，這不是妳的錯。」

敦子學姊語氣堅定地說。彩莉應該是月村社長的名字。姑且不論是好是壞，這五名學姊中，只有敦子學姊直話直說。

對啊，不是社長的錯，是演技很爛，而且被別人稍微批評一下就惱羞成怒的光流學姊！

我在內心聲援敦子學姊。

「都是秋山老師的錯，既然是顧問老師，不是應該不留情面地說出我們學生之間不好意思對彼此說的話，帶領這個社團進步嗎？」

沒想到竟然怪罪到社團的顧問老師頭上。簡直令人嘆為觀止。

「就是啊，即使擔任一年級的班導師再忙，在新學期開學之後，從來沒有來社團露過臉，也未免太奇怪了。」

用微單眼相機拍攝的週四學姊也表達了不滿。

「話說回來，即使她來了也沒有意義。哪有老師會在學生面前說自己不懂電腦，也不會剪輯影片？既然這樣，當初就不要接顧問老師的工作，八成沒有先瞭解社團的活動內容，覺得自己是國文老師，只要改一下劇本的稿子就行了。」

學姊口若懸河地數落著。

「秋山老師連改稿都不行。」

拿著手持攝影機的週三學姊也加入了陣容。

「之前把劇本交給她時，她說以前沒學過怎麼寫劇本，結果只改了助詞和漢字的錯字就還給我了。」

〈交換〉的劇本似乎是週三學姊寫的。

「唉，真希望竹宮老師還在。」

敦子學姊大聲抱怨時，剛才沒有吭氣的月村社長，和已經不再流淚的光流學姊也都點頭表示同意。

幾個學姊繼續抱怨著。

竹宮老師似乎是廣播社之前的顧問，去年申請留職停薪，目前在國外當志工。

竹宮老師是理科老師，精通電腦，也很會用各種最新的影片剪輯軟體，除了會熱心研究劇本，以前的戲劇和紀實節目的題材基本上都是聽從老師的建議。

沒想到從上一個學年度開始，由秋山老師擔任廣播社的顧問之後，廣播社就每況愈下。秋山老師是正也他們班的導師。

「我覺得根本沒辦法進入全國比賽。」

敦子學姊說。聽起來像在虛張聲勢，為自己壯膽。

自己的作品質下降，是因為顧問老師有問題。雖然聽起來好像在推卸責任，但又覺得不無道理。

如果中學時代田徑社的顧問不是由村岡老師……

之前老師說，上午練習長跑效果更理想，所以每週有三天要清晨練習。冬天時，走出家門時天還沒亮，冷得全身縮成一團。雖然忍不住發牢騷「為什麼這麼大清早要去跑步」，但仍然覺得既然老師這麼說，應該效果真的比較理想，所以在寒風中騎著腳踏車去學院。

如果到了學院的操場，發現老師沒有來。或是希望老師提供建議，老師卻說他不懂而拒絕提供意見，一定會很生氣地覺得，下次再也不早起了。

村岡老師的專長是長跑，但也會熱心指導跳躍和投擲等短距離項目的選手，老師還會定期邀請以前和他一起參加田徑社，但專業領域不同的朋友來院指導，彌補自己的不足。

和中學生相比，高中的社團的確可以讓學生更加發揮自主性，但也不能放任不管。

只不過這場抱怨大會要持續到什麼時候？

「打擾一下！」

正也終於忍無可忍地開了口，但學姊根本沒有聽到。正也大步走向學姊，拍了拍月村社長的肩膀。社長驚訝地轉過頭，幾個學姊終於安靜下來。

「既然不拍了，我們可以走了嗎？」

「這……」

月村社長吞吞吐吐，沒有繼續說下去。

「等一下，不行不行，這怎麼行？」

回答的果然是敦子學姊。她和週四學姊討論起來。

「剛才已經拍了靜香說拜拜的畫面，那就從少年A和少年B台詞的地方開始拍。沒時間了，這樣沒問題吧？」

敦子學姊問，社長點了點頭。

我嘆了一口氣的同時，知道誰對這種情況最失望。

「那就全力以赴，一次就搞定！」

敦子學姊很有精神地說完，和光流學姊一起走到院門外。我相信敦子學姊並沒有惡意，她只是想到什麼就說什麼，但現在的狀況變成我和正也在批評學姊的演技。

想必你們的演技很出色。我覺得所有學姊都發出了這樣的心聲。

都是你惹出來的禍。我輕輕瞪了正也一眼，正也仰頭看著天空，正在小聲唸台詞。他應該比我更強烈地認為，一定要好好演。

我也想像著接下來要演的少年B身處的狀況。

敦子學姊和光流學姊背對著我們，她們飾演的角色分別叫明子和靜香。我雖然是一個不起眼的男生，但還是很在意女生。即使不需要身旁的同學提醒，也發現了這兩個女生和以前不一樣了。但是，我更在意的是明子。

「一號攝影機準備OK。」

我們身旁的週四學姊大聲說道。

「二號攝影機準備ＯＫ。」

週三學姊也在不遠處大聲說道。月村社長把素描簿上用油性麥克筆寫了「第六場次」的那一頁放在一號攝影機前，然後又收了回來。

「準備，開始！」

她用力拍了一下手。

停頓了一拍之後，正也開始說台詞，但他並非只是背台詞，聽起來就像是他發自內心說的話。

喔喔，對了，我們中午不是才在討論正也因為對方的聲音而被吸引的女生嗎？就按照那種感覺來演就好。

我也說出了我的台詞，就好像中午反駁正也說「我的判斷基準並不是聲音」時那樣。

「ＯＫ！」

聽到月村社長大聲宣佈，我覺得肩膀變輕鬆了，用力吐了一口氣。

敦子學姊跑到我和正也身旁。

「你們都太厲害了。」

月村社長、週四學姊和週三學姊確認了剛才所拍的內容後，也走過來包圍了我們。

「宮本說話的節奏和聲音的抑揚都很棒。」

正也聽了社長的稱讚，連耳朵都紅了。

「町田的聲音太好聽了。」

社長說完，其他學姊也都紛紛點頭同意說：「我也覺得。」

「我就說嘛！太好了，原來不是只有我一個人這麼覺得。」

正也的臉仍然很紅，開心地補充說。

「他也很適合配旁白。」

週四學姊說完，週三學姊立刻說：「這點很重要。」敦子學姊趁機要我說了好幾句繞口令。

四十四隻石獅子、老龍惱怒鬧老農。大家說起來舌頭會打結的話，我竟然能夠一次就成功，完全沒卡住，連我都驚訝自己竟然有這種專長。

我想起廣播社的活動內容中有「院園廣播」的項目，有點想來練習一下。

只是我前一刻還對眼前的狀況感到很心煩。

敦子學姊看向遠處，語氣開朗地說：

「光流，妳也過來嘛，這兩個一年級的新生很好相處，而且演技也很出色吧？」

光流學姊板著臉，似乎並不買帳。

「這是故意說給我聽的嗎？妳的意思是說，只有我演技很爛嗎？那我不參加了，讓他們找人來演靜香就好。」

呃！其他幾個學姊都愣住了，光流學姊跑向院舍的方向，其他四個人慌忙追了上去，跑在最後面的月村社長停下腳步，轉頭對我們說：

「對不起，你們可以回家了。」

說完，她又追了上去。

「女生真麻煩。」

正也嘀咕著，我們就像剛才在拍攝時一樣，目送著幾個學姊離去的身影。

拍攝的隔天早晨，我來到學院，走到鞋櫃前，忍不住發出了「耶呃」的奇怪聲音，整個人愣在那裡。因為我的鞋櫃裡放了一個有心形圖案的紙袋。

我慌忙抓起紙袋，沒有確認裡面放了什麼，就急忙塞進了背包。

比起高興，我更覺得害羞。因為這個紙袋就放在沒有蓋子的鞋櫃前，不知道被多少人看到了。

我忍不住東張西望，發現有人躲在其他班的鞋櫃後方偷看我。

「正也，該不會是你幹的？」

「怎麼可能是我？但我的鞋櫃裡也有，因為我發現你的鞋櫃裡也有相同的紙袋，所以就想看看你會有什麼反應。」

正也嬉皮笑臉地說。我猜想他當時的反應也和我差不多，但既然正也也收到了相同的紙袋，就可以猜出是誰送的。

我從還沒有拉上拉鍊的背包裡拿出紙袋，打開一看，發現裡面是獨立包裝的巧克力。那一把巧克力和之前去廣播社活動室時，學姊拿給我們吃的完全相同。

而且紙袋裡還有一封信，但並沒有裝在信封裡，只是把信紙折了起來。

「看看上面寫了什麼。」

在正也的催促下，我當場打開了信紙。

寄信人是月村社長。她用漂亮的字在信中提到，很感謝我們協助電視短劇的拍攝工作，但最後來不及好好向我們道謝，為此深表歉意。她還稱讚了我的聲音，說我可以成為小田祐輔第二，但我根本不知道那是誰。

然後，最後……

『昨天，你們離開之後，大家都一起說服光流，但仍然無法讓她改變心意。目前各個社團都在為參加最後一次競賽衝刺，很難在三年級的同學中找到演這個角色的替角，可不可以請你們介紹願意接這個角色的一年級學妹？』

社長又丟了一個燙手山芋過來。

「要去哪裡找替角？而且還要找女生。」

我把信收起來的同時對正也說。

「也許可以理解為要我們找一個新人加入的意思。」

正也看起來並沒有很傷腦筋的樣子。

「如果三崎中學也有女生考進這所學院就好了。」

我小聲嘀咕的同時，腦海中突然浮現一個女生的身影。

「正也，你該不會打算找她？」

「被你發現了嗎？」正也害羞地抓著頭，「我聽了她的聲音之後，就一直想邀她一起加入廣播社，但不能用和你一樣的方法，所以現在覺得剛好有了理想的藉口。」

他果然在打這個主意，但是，有辦法成功嗎？我這幾天充分瞭解到自己耳根多軟，多麼容易隨波逐流。

更何況像她這樣躲起來吃便當的人，要她做攝影之類的幕後工作或許沒問題，不可能答應演戲。

正也聽完我的意見，笑著回答說：

「我起初也沒想到你會那麼乾脆答應加入廣播社的電視短劇。」

「原來如此。」

我們決定不抱希望地問她看看，然後在鞋櫃前確認了她的名字。

久米咲樂。

而且我們也馬上決定了要去哪裡找她。

午休時間，我們單手拿著便當，推開了通往逃生梯那道沉重的門。逃生梯周圍都是水泥牆，有一種封閉的感覺，但在站著的時候，可以眺望院舍後方一大片綠樹。

而且還可以看到運動社團的活動室，二樓角落的活動室內，有幾個身穿運動服的學生敞著大門，正在吃便當，他們可能打算利用午休時間練習。良太也在其中。

我立刻蹲了下來，躲在矮牆後方，然後沿著四方形的樓梯口轉了九十度走下樓梯時，和正在那裡獨自吃便當的女生對上了眼。

是久米。

「對不起，我馬上離開。」

久米用便當盒的蓋子蓋起了吃到一半的便當。

「啊，不，不是……」

我無法好好說明。

「久米，我們是來找妳的。」

正也說。他面對心動的女生也能夠鎮定自若地說話，實在太了不起了。

「找、找、找我嗎？」

久米似乎陷入了恐慌。正也，在這種情況下，要怎麼邀她加入廣播社？

「不好意思，在妳吃飯的時候打擾。我是五班的宮本正也，和妳班上的町田圭祐一樣，都是三崎中學畢業的。」

正也跪坐在久米面前，鄭重地自我介紹。原本有點駝背的久米也稍微坐直了身體，嘴裡小聲說著什麼。她可能也說了自己畢業的中學，但聲音太小聲了。

「我們今天來這裡，是因為有一件事想拜託妳。」

「喔……」

久米看著正也彬彬有禮的態度，不知所措地低下了頭。不知道是瀏海還是側面的頭髮太長了，看不到她臉上的表情。這是她的防衛機制。也許之前不時有人拜託她一些莫名其妙的事。

我看還是算了。我忍不住想對正也這麼說。

「我和圭祐參加了廣播社。」

正也完全不理會我的想法，自顧自說了下去。久米微微抬起了頭。正也看了我一眼，似乎代表「有反應」，然後再度轉頭看向久米。

「妳要不要和我們一起加入？」

正也問完這個問題，屏住呼吸，等待久米的回答。正也似乎也很緊張。

「為什麼、找我？」

久米低著頭問。

「當然是因為妳的聲音很好聽。」

正也微微提高了音量。久米也抬起了頭，用一隻手撥了撥瀏海，看了正也的眼睛一眼，立刻移開了視線。她應該已經瞭解到，正也並沒有調侃她。

「我可以、加入廣播社嗎？」

久米小聲地說，而且回答的速度簡直可以說是毫不猶豫。我做夢都沒有想到她會這麼爽快答應。

「當然可以啊，不瞞妳說，三年級的學姊希望我們可以找女生一起加入。」

我也卯足全力補充說明，希望趁她心意改變之前再推一把，沒想到正也皺起了眉頭。

我說了什麼不該說的話嗎？我知道了，進入廣播社並不代表答應演戲。幸好久米並沒有察覺我和正也的不同調。

「其實我昨天去了播音室。」

久米說的話太震撼了，正也也大吃一驚。

「原來是這樣，所以根本不需要我們邀約。」

「但是我後來逃走了。」

一問之下才知道，她昨天正打算推開播音室的門時，從裡面走出幾個看起來很凶的學長姊，她慌忙轉身逃走了。可能是我們還沒有見過的二年級學長姊。

「妳想進入廣播社，是因為想要好好運用自己的聲音嗎？」

正也問。久米用力搖著頭說：

「我從來不覺得自己的聲音好聽，我想你們很快就會發現，所以我先自己說。我是動畫宅。」

動畫宅就是喜愛動畫的宅男或宅女的意思。雖然感到有點抱歉，但我無法對她說「妳看起來完全不像」這種話。

「你知道名叫小田祐輔的聲優嗎？」

「我知道，因為我是廣播宅男。」

正也語氣開朗地回答。最近似乎有一股聲優熱潮，我對這個領域很陌生，但我知道這個名字。因為月村社長在信中提到了這個名字。

「你知道他以前是青海廣播社的嗎？」

久米一臉興奮地說。「真的嗎！」正也興奮地說，久米向他說明了小田祐輔的簡歷，據說曾經在朗讀項目別獲得全國冠軍。

「因為我想成為偶像的學妹。」

久米靦腆地笑著說，然後看著我問：

「町田，你以前是不是參加田徑社？」

久米怎麼會知道？我其實只要回答「是」就好，但嘴巴一張一闔，說不出一個字。

「突然這麼問你，你應該會被嚇到吧？對不起，我在中學時也參加了田徑社。」

久米滿臉歉意，拚命鞠著躬向我道歉。原來是這樣。沒想到答案這麼簡單，但久米這樣一直道歉太不好意思了，因為是我不該對「田徑」這兩個字的反應太敏感。

「是嗎？好厲害。」

正也語帶佩服地說。雖然我不知道有什麼厲害，但之前每次說「我參加田徑社」，親戚和鄰居，或是初次見面的人也常常對我說「好厲害」。

「我一點都不厲害，只是因為同學找我，我就加入了，結果在退出田徑社之前，都沒有任何活躍的表現。」

久米漲紅了臉，用力揮著手否認。

「妳專攻哪個項目？」

我問。

「急行跳遠。」

我聽了久米的回答，忍不住微微偏著頭。我當時也沒有太活躍，所以根本知道其他學院不同項目的女生選手的名字。

「但我同學是長跑選手。」

久米有讀心術嗎？

「二年級的夏季縣賽時，她參加了女子三千公尺的比賽，她哥哥參加了男子三千公尺的比賽，當我們在為她哥哥加油時，我記得你好像就坐在我旁邊，所以才會這麼問你。」

我當時的確在那裡。

「你當時在聲援山岸。」

她說對了，我點了點頭。

「因為我當時就覺得你是美聲男，所以就記住了你的長相，但不知道你的名字。在入學典禮之後，就一直覺得那個人就是你，只是沒有自信。」

「每生男？」

我不是問久米，而是問正也。因為久米說話越來越大聲，速度也越來越快，我有點跟不上。

「就是聲音很好聽的意思。」正也淡然地回答，「沒想到竟然有人比我更早發現圭祐是美聲男。」

　　他馬上就現學現賣了。

「不，不好意思。」

久米低頭鞠了一躬。

「對了，久米，我們是同學，妳說話不必這麼拘謹。」

正也語帶輕鬆地說，久米皺起了眉頭，再度低下了原本已經抬起的頭。

「你們和我說話時可以隨便一點，但我必須要用這種方式說話。」

她連說話的聲音都變小了。

「為什麼？」

我忍不住問。一陣沉默，我開始後悔自己不該問這個問題，但久米最後微微抬起了頭。

「不知道為什麼，即使我覺得只是用和大家相同的方式說話，別人也會覺得我盛氣凌人，所以我有一陣子搞不清楚什麼是相同的方式，什麼是普通的方式說話，甚至不敢開口說話。」

　　喔喔。我想起了班上那兩個說她壞話的女生。即使上了高中之後，仍然會有那種人，所以久米在和新認識的同學說話時，也都只能用很恭敬的語氣說話。

「對不起，我不瞭解狀況，那妳用自己覺得最輕鬆的方式說話就好，但我和圭祐，還有廣播社三年級的學姊，都不會覺得妳用平常的態度和我們相處會盛氣凌人。」

正也仍然用開朗的語氣說話，只不過用指尖抓了抓鼻頭。雖然三年級的那幾個學姊有點難纏，但她們不像是會霸凌的人，反而屬於相反的類型。

「謝謝。」

久米鞠了一躬說道，於是我們邊吃便當，邊向她說明了拍短劇的事。

「但有一件事要先聲明。」

正也打了招呼之後，說了一件我完全無法想像的事。

放學後，我、正也和久米三個人一起走去播音室。

正也正準備推開厚重的門時，門從內側打開了，四個學長和學姊走了出來，匆匆離去。有人瞥了我們一眼，但沒有向我們打招呼。他們看起來很嚴肅，而且也有點凶，會不會是廣播社二年級的學長姊？

打擾了。我們打著招呼走進播音室，五名三年級的學姊都在裡面的房間，圍著光流學姊，坐在中央的桌子周圍。她們還在說服她嗎？

「午安。」

正也大聲打招呼，所有學姊都同時看了過來。她們的視線當然都集中在久米身上。久米可能覺得很害羞，她已經不是低頭而已，而是完全看著地上。

「她是一年三班的久米咲樂，願意演靜香的角色。」

正也不理會久米的害羞，當場向學姊介紹。

「那個……」

月村社長發出了遲疑的聲音。

「啊！有人願意演嗎？」

敦子學姊興奮地跑了過來，打量著久米的全身。

「好厲害，她完全符合靜香的感覺，紗華，對不對？」

負責寫〈交換〉劇本的週三學姊聽了敦子學姊的問話，走了過來。

「真的欸，但她有辦法演出交換身分之後開朗的感覺嗎？」

紗華學姊擔心地問，久米猛然抬起頭，一隻手把瀏海撥到一旁說：

「沒問題，請多指教！」

久米響亮的聲音令所有人大吃一驚，我也終於理解了正也說的話。她的聲音的確很悅耳，很透明。

「聲音也很響亮，不錯啊？」

週四學姊也走了過來。

「但現在開始背台詞，會不會有點困難？」

紗華學姊仍然感到不安。

「我已經都記住了。」

久米很爽快地回答。不光是學姊，我和正也聽了她的回答，也都吃了一驚。因為我們在午休結束才把劇本交給她，才過了三個小時而已，而且剛才還上了第五、六節課。

「我很會背課文。」

久米可能有點害羞，紅著臉回答。

「簡直太完美了，彩莉，對不對？」

敦子學姊問月村社長，她似乎對久米很滿意。

「嗯，對啊，但是……」

月村社長的回答不乾不脆，她到底對哪裡不滿意？

「既然她已經背好台詞了，今天就可以開始重拍了。」

週四學姊說，紗華學姊也點了點頭。她們走回桌子旁，打開了小型筆電。

「也要再麻煩你們了。」

敦子學姊笑著對我們說。

「等一下！」光流學姊開了口，「我……還是想演靜香，我想和大家一起繼續努力……」

她用顫抖的聲音說完，趴在桌子上哭了起來。

「光流！」

敦子學姊慌忙跑了過去，紗華學姊、週四學姊也都站在光流學姊兩側，探頭看著她的臉，或是把手放在她的背上。

「妳不要哭，大家當然最希望由妳來演靜香的角色。」

「對啊，這是我們這幾個人創作的最後一部作品，沒有妳怎麼行呢？」

她們紛紛安慰，但很快發展為眼淚大合唱。

我們三個一年級新生被晾在一旁，月村社長走了過來。

「對不起，所以……」

她滿臉歉意地看著久米。

「我早就料到會是這種結局。」

正也說。

「啊……」

社長驚訝地看著正也，但我和久米都完全不驚訝。

午休時，正也向久米說明了替角的事之後，向她道歉說，但她最後可能會演不成。我雖然無法理解到底是怎麼回事，但看到眼前的發展完全符合正也的預料，不由得感到佩服。

「社長，妳完全沒有想到會變成這樣嗎？光流學姊認為找不到替角才會拿翹，所以妳想看看如果我們真的找到了會變成什麼樣嗎？」

正也很生氣。雖然正也已經告訴久米會有這樣的結果，但久米還是把台詞背好了，只為了以防萬一。正也可能覺得很對不起久米。

社長沒有回答。

「還是妳一開始就覺得我們根本不可能找到替角？拜託我們找人只是表示妳已經盡了社長的職責，結果看到我們真的把人帶來了，反而慌了神嗎？」

社長仍然不發一語。

「妳們愛玩這種相互感動的戲碼，或是青春遊戲是妳們的自由，但不要把我們也捲進去。」

正也義正辭嚴地說。

「對不起，我還是無法勝任社長……」

月村社長的眼眶中含著淚水，敦子學姊立刻跑了過來。

「不要只怪彩莉一個人，我們一起向你們道歉。我們會安排她的角色，也會增加你們的戲分表達歉意，所以你們別生氣。」

敦子學姊若無其事地說完，腳步輕盈地走去紗華學姊那裡小聲討論了一會，然後用手指向我們比了ＯＫ的手勢。

雖然不需要久米當替角，但那幾個學姊要求我、正也和久米協助她們創作電視短劇。學姊又為我和久米安排了新的角色，正也辭演之後，加入了修改劇本的作業。

我增加的戲分是明子的班導師，稱讚和靜香交換身分的明子：「妳最近的成績進步了。」

我向負責寫劇本的紗華學姊和正也建議，是不是拜託真正的老師來演這個角色更有真實感，但他們告訴我，徵件簡章中規定，演員只限本院學生。

難怪劇中的角色幾乎都只有高中生。拍攝時，我會穿上月村社長向她哥哥借來的西裝，只拍我的背影。社長還指示我，必須把聲音壓低，我有生以來第一次練習用假聲說話。

「你只要學你爸爸說話就好。」

敦子學姊輕鬆地建議我，正也委婉地把我家的情況告訴了她，她至少說了十次「對不起」，但我完全不在意。

因為要演老師，所以只要想像老師的樣子就好。我最先想到的是村岡老師。

我模仿村岡老師的演技得到了三年級學姊的稱讚。不對，她們只是稱讚聲音而已。

久米的角色是靜香的妹妹。放學路上，在車站遇到姊姊，在一起走回家的路上說：

「姊姊，妳最近感覺和以前不一樣了，好像變得開朗了。」

為了這一句台詞，紗華學姊和正也在播音室的角落爭論了半天。正也認為不需要「好像變得開朗了」這句台詞，但紗華學姊反駁說需要這一句。

「這是電視短劇，不需要什麼都用台詞來說明，用畫面來呈現不就好了嗎？」

正也表達了自己的意見，要求修改不是追加場景的部分。

「要充分相信演員。」

正也用不知道哪裡學來的這種好像大牌導演或製作人般的言論，很有自信地說服紗華學姊，修正了還沒有拍攝部分的台詞。

紗華可能覺得一直被挑剔很不甘心，也主動提出了需要改善的地方。

我看著他們討論，著手製作各類申請資料。

學姊原本計畫都在學院內拍攝，但現在又要增加在車站拍攝的場景，所以必須向車站提出申請。

負責拍攝工作的週四學姊名字叫樹里，原本這些工作由她負責，但她說以後也會需要類似的申請工作，所以就在她的指導下，由我負責填寫。

原來創作短劇並不是只要寫好劇本，可以想拍什麼就拍什麼。

除此以外，久米也和我一起填寫「音樂使用授權申請書」。電視劇當然少不了音樂，雖然現在尚未進入剪輯階段，但並不是今天提出申請，明天就會立刻獲得答覆，所以必須提前申請。

在拍攝工作開始之前，月村社長已經和其他學姊討論了哪一個場景要使用哪一首樂曲，我和久米只要在申請書上填寫指定的樂曲。

在學姊所選的樂曲中，也有我很喜歡的歌手的歌曲。那是收錄在專輯中的樂曲，並不是那麼有名，我不經意地打聽了一下，是誰選了這首樂曲。聽到是月村社長選的樂曲，我就對她產生了親近感，雖然內心對她有點不滿。

申請書上首先要填寫唱片公司的名字，申請單上已經印了用於公函的「御中」這兩個字，然後再填寫申請人——青海學院高中的聯絡方式，以及使用音樂的曲名。在填寫這些申請書時，我不由得緊張起來。

唱片公司應該不會告訴歌手或是音樂家本人，我們打算使用他們的樂曲，但不知道該怎麼說，我還是覺得自己和那些音樂人之間產生了交集，或者說一下子拉近了距離。

這不是遊戲。我坐直了身體，認真填寫這些申請資料。

如果田徑社成員都可以參加驛站接力賽，我會那麼全力以赴練習嗎？

當我在看光流學姊和久米拍戲時，情不自禁思考這個問題。只是我必須站在一旁拿著寫了「青海學院廣播社拍攝中，敬請配合」的素描簿。

久米在教室時仍然整天低著頭，除了在上課時被老師點到名小聲回答問題以外，幾乎都不會開口說話，但她的體內似乎有一個開關，可以讓她整個人完全不一樣。

從排練的時候開始，只要社長喊「開始」，身穿中學制服的久米臉上的表情就變成了很愛姊姊、愛撒嬌的妹妹，於是，光流學姊的表情也跟著改變了。

光流學姊露出了充滿活力的笑容向妹妹揮手，難以想像她之前抱怨說什麼「反正我就是沒辦法演得很開朗」，說台詞時也比之前更加入戲。

她在家裡對著鏡子練習嗎？

她之前會拿翹抱怨，是因為她知道自己不會被取代。既然有可以當替角的新生加入，就無法再因為演技遭到批評就惱羞成怒，而且這個新生也加入了演員陣容，兩個人的演技會被比較。如果演技不長進，其他人就會覺得還是由新生來演比較好。

也許這就是光流學姊的想法。

即使是沒有久米戲分的場景，光流學姊的演技也大有進步。和她演對手戲的敦子學姊當然也不甘心就這樣被比下去。

在逃生梯那裡和正也、久米一起吃便當時，我們還在討論，是不是重拍比較好，但根本不需要一年級的學生提出這件事。

因為光流學姊對其他三年級的學姊說：「拜託大家可以重拍。」正也認為這是大好機會，正打算提出修改劇本的要求，紗華學姊也搶先一步建議修改。

雖然我和正也的那一幕也要重拍，但我們完全沒有意見。

拍攝工作沒有任何大問題，也沒有任何小紛爭，一切順利進行。

學姊稱讚我的聲音，而且我也演了兩個角色，雖然每個角色都只有一句台詞，我覺得自己演得還不錯，但如果問我是不是還想演戲，這個問題就很難回答。

在創作短劇的過程中，我最有興趣的是影片剪輯。剪輯作業在播音室前面的那個房間進行。由於我家沒有電腦，不太會操作筆電，負責拍攝工作的樹里學姊仔細教我如何使用剪輯軟體。

「今年恐怕很難進入全國比賽，我們是經歷過全盛時期的最後一屆，必須把學長姊傳授給我的一切傳承給學弟妹。」

雖然樹里學姊露出燦爛的笑容說，但這句話聽起來很消極。比賽還沒有開始，就已經是這種「志在參加，不求得獎」的態度。我覺得〈交換〉已經比之前大有進步。

「去年在紀實廣播節目的項目中進入了全國比賽，妳們也都去了東京嗎？」

樹里學姊聽了我的問題之後搖了搖頭。

「那是前年的秋冬時製作的，有點像是竹宮老師臨走前留下的禮物。因為大部分成員都是上一屆的學長姊，所以沒有帶我們去東京。」

青海學院廣播社進入全國比賽時，學院方面只支付五名成員的遠征費用。雖然青海學院是私立學院，但因為大部分運動社團都會進入全國比賽，所以在預算方面並不充裕。

「如果今年也可以進入全國比賽，就創下了連續十年的紀錄，所以我們這一屆會留下無法延續輝煌紀錄的汙名。」

樹里學姊重重地嘆了一口氣。我驚訝地發現，原來這群和樂融融的學姊竟然承受了這麼大的壓力。

「大家都覺得如果全力以赴，最後還是功虧一簣，恐怕就再也站不起來了。」

三年級的學姊面對這麼強大的壓力，選擇了「逃避」，甚至已經找好了藉口，認為是顧問老師害自己無法充分發揮。

「彩莉最痛苦，因為我們非但無法在電視短劇項目進入全國比賽，之前獲得冠軍那一屆的社長還是她的哥哥。」

樹里學姊輕鬆地說道，但我忍不住嘆著氣。光是想像自己有一個在三千公尺長跑中獲得全國冠軍的哥哥，側腹就隱隱作痛。

「她剛當社長時經常提出各種點子，對大家的要求也很嚴格，但不知道為什麼，彩莉越努力，那些很認真的成員就越疏遠她，結果有一天集體退出了廣播社，只剩下我們這幾個很混的人。」

雖然樹里學姊嘿嘿笑了起來，但我的表情應該從剛才就變得很僵。因為月村社長走了過來，站在樹里學姊身後。樹里學姊察覺了我的視線，回頭一看，整個人愣住了。

但是，社長的臉上還是一如往常的平靜表情。

「我可不覺得妳們很混，而且我也在為擔心大家都退社，所以不敢表達自己的意見這一點反省。町田他們幾個新生只是稍微鞭策幾下，就已經改善了這麼多，我們不可以輕言放棄全國比賽。」

雖然都是正也提出各種建議，但我聽了月村社長的話感到很高興。樹里學姊也忍不住啜泣起來。

「町田，你什麼時候要提出入社申請？宮本和久米剛才已經交給我了。」

聽了社長的話，我看向播音室裡面的房間，看到正也和久米正開心地聊著天。

我們一起走到今天，為什麼他一個人先提出入社申請？而且還邀了久米一起。

我忍不住在內心抱怨，這一長段廣播社體驗入社的日子畫上了句點。

第三章 音效

四月的最後一週，放連假的前一天，在播音室裡面的房間舉行了新成員介紹和活動報告會。

原本覺得房間很寬敞，但顧問的秋山老師、五名三年級的學姊、四名二年級的學長姊，還有我、正也和久米三個人坐在鐵管椅上，在桌子旁圍了兩圈，就覺得稍微有點擠。

「這三位就是今年新加入廣播社的成員。」

月村社長向大家宣佈。雖然沒有正式的統計結果，但據說參加社團活動的新生中，有八成都加入了運動社團。

即使不是運動績優生獲得推甄進入青海學院，但仍然要在入學後加入田徑社。曾經有一段時間，對於自己是否能夠完成這個目標感到不安……我忍不住想像起自己在進入這所學院之後，發現有很多人和我一樣，於是鬆了一口氣，大膽提出參加田徑社的申請的情景。

即使輪到我自我介紹，也沒有太緊張。因為這兩個星期以來，都一直和三年級的學姊一起製作電視短劇。

「我是一年三班的町田圭祐。」

「喔，美聲男！」

我也已經習慣了敦子學姊的助陣。

「我就是因為這個原因加入廣播社，請各位學長姊多指教。」

我也敢大膽地說這種話了。

但是，當我看向二年級的學長姊時，忍不住抖了一下，覺得自己有點得意忘形了。三年級的學姊在每個人自我介紹完畢後，都鼓掌歡呼「耶耶！」二年級的學長姊都表情嚴肅，只是靜靜地鼓掌而已。

二年級的成員有兩名學長和兩名學姊，其中一名就是在新生訓練時介紹廣播社，聲音像報導新聞的主播一樣堅定的學姊。

秋山老師縮著肩膀坐在二年級學長姊旁邊。她是一年級的國文老師，幾乎每天都會在教室見到她，但她感覺和平時完全不一樣。上課的時候，雖然她個子嬌小，但聲音宏亮，活力十足，但現在似乎有點坐立難安。

新生介紹完畢後，三年級和二年級的學長姊分別自我介紹了班級和名字，接著分別開始報告目前的活動進度。

首先從三年級開始，但不是由月村社長，而是敦子學姊說明了報名參加電視短劇項目作品的拍攝進度。

敦子學姊一改平時的霸氣，在說明時很文靜。她可能也很緊張，因為二年級學長姊對她來說雖然是學弟妹，但在聽她說明時，抱著手臂，一副泰然自若的樣子。

目前已經完成了電視短劇的拍攝工作，正進入剪輯階段。社長和負責拍攝工作的樹里學姊教我使用影片剪輯軟體，如何將近距離拍攝和遠距離拍攝的影像剪輯在一起，以及如何配樂，我覺得是很愉快的作業。

三年級的報告結束後，輪到二年級報告，但不是主播學姊，而是另一個學姊站了起來。

我記得她叫白井學姊，她讓我忍不住聯想到全新的白襯衫。她的雙眼炯炯有神，而且身材高挑，明明她並沒有生氣，但我不敢看她的眼睛，忍不住低下了頭。

我偷偷瞥向身旁，發現正也和久米也都駝著背，戰戰兢兢地抬頭看著學姊。

「接下來由我報告紀實廣播作品製作團隊的進度。」

白井學姊宣佈後，女主播學姊把資料發給了所有人。三年級的學姊並沒有準備這種資料。

紀實廣播項目的參賽作品名稱是「鐵捲門重新拉起的日子」。

車站前的商店街曾經生意興隆，但這十年期間，有將近五成的商店都拉下了鐵捲門。

去年，一家歷史悠久的和菓子店又重新開張了，二年級的學長姊採訪了以店家為主的人，瞭解其中的理由。

紀實電視項目的參賽作品名稱是「請享用番茄餅乾」。

青海學院的烹飪部在市政府主辦的「用本地名產做料理」競賽中，參加甜點部門的比賽，獲得了相當於亞軍的「優秀獎」。〈請享用番茄餅乾〉追蹤報導了整個過程。

「兩部作品目前都已經完成，接下來只要製作參賽資料。請問各位還有什麼想瞭解的問題嗎？」

白井學姊看著三年級學姊問，所有人都輕輕搖著頭。

「那我們有問題想請問三年級，請問廣播短劇項目的作品製作情況如何？」

正也聽了這個問題，猛然抬起了頭。

「呃，這個……」

敦子學姊為難地看向月村社長，社長站了起來。

「目前打算這次只參加電視短劇項目的比賽。」

「這是不是意味著只能製作電視短劇而已？而且到目前還沒有完成。去年的比賽至今已經有半年的時間，請問妳們都在忙什麼？是不是整天都為一些無聊的事吵架，根本不管社團活動？」

白井學姊說話毫不留情。社長不發一語，忍著眼淚，緊抿著嘴唇。

「哪有不管社團活動？」敦子學姊反駁道，「我們協助運動會和文化祭的廣播，還有敬老會的卡拉ＯＫ大賽，每個月不是都有活動要忙嗎？而且春假的時候還參加了市政府舉辦的鮮花節。」

「因為妳們說要忙這些活動，所以由我們二年級負責製作了新生訓練的社團介紹影片，也由我們上台介紹廣播社。」

「嗯，是啊……」

敦子學姊也無言以對。

「如果妳們早點說做不出來，就可以由我們來製作廣播短劇，現在才說根本已經來不及了。」

白井學姊咄咄逼人，三年級的學姊甚至不敢嘆氣。

「呃……」

正也在緊張的氣氛中戰戰兢兢舉起了手，白井學姊一臉怒氣地轉頭看向他。

「如果廣播短劇沒有參賽作品，我想製作。」

正也明確說道。

「竟然想現在才開始製作廣播短劇。」

白井學姊無奈地嘀咕完，看向月村學姊問：

「找他們幫忙了這麼久，竟然還沒有把Ｊ賽徵件簡章的影本給他們看嗎？」

Ｊ賽是ＪＢＫ盃全國高中廣播電視競賽的簡稱。

「原本打算在製作完短劇之後……」

「所有的徵件簡章我都看了。」

正也打斷了結結巴巴回答的月村社長回答。

「我用家裡的電腦查了Ｊ賽的官網，上面有今年各都道府縣大賽的日程，所以我也知道製作時間只剩下不到一個月。」

白井學姊驚訝地轉頭看向正也。

「但還要開始寫劇本。」

「如果各位學長姊同意，我會負責寫劇本，月底之前就會完成。」

「月底之前，不是只剩下三天了嗎？而且你知道廣播短劇的劇本和電視短劇不一樣嗎？」

「我知道，當初報考青海學院，就是為了進廣播社，因為我以後想當廣播劇的編劇。」

正也直視著白井學姊，看到正也無所畏懼的態度，不再覺得白井學姊盛氣凌人。

「那就來製作廣播短劇。」月村社長說，「一年級的新生這麼躍躍欲試，我原本竟然想要放棄，真的太丟臉了。」

「贊成！」

敦子學姊精神抖擻地舉起了手。

「其實電視短劇的製作時間差不多也是一個月。」

「沒錯沒錯，而且萬一來不及，劇本留到明年再參加就好。」

「大家一起努力啊。」

樹里學姊、紗華學姊和光流學姊也都牽手表示贊成。看到二年級學長姊一副不屑的態度，我拍起手，久米也跟著拍手。

社團活動結束後，走去車站的路上，我邀正也一起去速食店，想要犒賞他一下。正也立刻回答說「好啊」，然後轉身看向後方。

久米獨自走在我們後面，我們等她追上來時，邀她一起去。

「我可以和你們一起去嗎？」

久米小聲地問，我們兩個人都用力點頭。廣播社的三年級學姊和二年級的學長姊雖然有完全不同的特色，但都很團結，看了他們之後，我覺得自己和正也、久米是同一個團隊。

如果吃漢堡，晚餐可能就會吃不太下。和中學時相比，我的食量變小了。

雖然我叫正也不必客氣，但最後我們三個人都只點了薯條和飲料。正也還加點了限期販售的巧克力淋醬。

「糖分，糖分。」

正也笑著說，但我覺得馬鈴薯和巧克力的味道根本不搭。

我們三個人在桌子旁坐了下來，正也立刻把薯條倒在紙巾上，然後把黑白兩種巧克力醬擠在上面。

「我之前看到我妹妹吃的時候也覺得很噁心，沒想到味道很搭，你們要不要試試？」

我不客氣地拿起一根薯條，雖然放進嘴裡時有點不安，但味道還不錯。於是我厚臉皮地又拿了一根沾了很多巧克力醬的薯條。

「久米，妳也不要客氣。」

正也說，久米一臉歉意地輕輕搖頭。

「妳是那種不願意冒險的人嗎？」

因為我也有這種傾向，所以就這麼問她。

「不，我最近在戒巧克力。」

「該不會在減肥？喔，不可能。」

正也問了之後，自己否認了。因為久米很瘦，根本不需要減肥。

「因為我在許願。」

我也曾經做過這種事。

良太在復健期間，為了刷新自己三千公尺的最佳紀錄，曾經一度戒麵包。我聽說之後，也決定要暫時戒自己最愛的鮪魚，但之前完全忘記了這件事。

雖然我很想知道久米許了什麼願，但也許一旦說出來就會破功，就像吃了巧克力一樣，許願的效果就不靈了。

「如果是高級巧克力也就罷了，沒必要為這種巧克力沾醬破戒。」

正也對久米說完，伸手拿了我的薯條放進嘴裡。

「還是簡單的味道最好吃。」

正也露齒一笑，久米也微微揚起了嘴角，拿自己的薯條吃了起來。久米在演戲時的笑容很可愛，這句話沒有絲毫的奉承，但她平時的所有表情都很僵硬。

「雖然我很想說，你不要再吃我的薯條了，但你今天真的很厲害。」

我把三分之一的薯條放在正也的托盤上，然後問他：

「你真的可以在三天之內寫完劇本嗎？」

「不瞞你們說，我在春假時已經根據J賽的規定寫完一個了。」

正也好像在說祕密般小聲回答，我卻忍不住大叫一聲「啊！」雖然第一天看到正也，就感受到他對廣播社的熱忱，沒想到他用心到這種程度，我忍不住佩服不已。

「是怎樣的故事？」

久米似乎也很有興趣。

「原本想裝訂完成後再給你們看，但聽一下你們的意見也不錯。」

正也聲明了這句話，簡單說明了故事的綱要。

這是一齣喜劇，主角是一個男高中生X，他可以聽到別人的心聲十秒鐘。他聽到暗戀的女生在心裡覺得「我覺得X很帥」，快樂得飛上了天，但其實那個女生又接著覺得「但Y更帥」。X經常鬧出這種烏龍的事。

「聽起來很有趣啊。雖然其他故事中也有可以聽到別人心聲的設定，但只能聽到十秒鐘的點子很新穎。我超想看這個故事，啊，這是廣播短劇，所以應該說超想聽才對。」

我表達了很直接的感想，正也心滿意足地笑了起來。

「我對這個作品很有自信。」

正也說完，瞥了久米一眼。

「我也……很想聽。沒有看劇本的話，不太瞭解表演的方式，但要怎麼區分主角可以聽到的心聲和無法聽到的心聲呢？」

久米誠惶誠恐地問。

「呃！」正也發出呻吟般的聲音皺起了眉頭，「我沒有想到這一點……」

我也在腦海中想像著心聲的部分。

『我覺得X很帥，但Y更帥。』

有道理，如果是電視劇，可以透過演員的表情和動作瞭解主角聽到哪一個部分為止，也可以靈活運用字幕，但廣播劇就無法用這些方法。

「比方說，讓主角可以聽到部分的聲音聽起來比較高，你覺得怎麼樣？」

久米用幾乎聽不到的聲音提議。

「好主意！」

正也回答，久米立刻露出欣喜的表情。

「能夠聽到的部分也可以用別人的聲音，比方說，有一個傢伙寄生在主角的腦袋裡，那個傢伙接收到別人的聲音，然後告訴主角。」

正也立刻想到了這個點子。搞不好他真的很厲害。

「啊，這種設定很棒，能夠聽到別人心聲，即使只有十秒也有點可怕，但這樣的設定就比較安心。假設小田祐輔在我的腦袋裡……哇！」

久米羞紅了臉，看到我和正也有點傻眼，立刻用雙手捂著臉，拚命向我們鞠躬。

「對不起，我說這種奇怪的話。」

「不，很感謝妳的建議。我原本還自信滿滿地認為自己寫了完美的作品，現在才發現還有不足之處。」

正也安慰她，久米稍微移開手，只露出眼睛。

「我會把稿子寄給你們，希望你們提供更多意見。我們在LAND上設立一個一年級的群組，就可以隨時討論了。」

正也從上衣口袋裡拿出手機，我之前就已經和他互留了電話號碼和電子郵件信箱。

「圭祐，你有沒有LAND的帳號？」

我沒有加入可以群組討論的免費軟體「LAND」。

「還沒有。」

應該說，我以後也不打算加入。因為我不希望別人把我拉進三崎中學田徑隊的群組。雖然可以和他們聊回憶，但我還沒有勇氣聽他們談論目前的活動狀況。

「是嗎？那沒關係。久米，妳可以把手機號碼告訴我嗎？」

「其實、我沒有智慧型手機……」

久米放下了遮住臉的雙手，一臉抱歉地鞠躬說道。

「妳該不會還在用智障手機？」

「不，我連手機也沒有。」

「真的嗎？」

正也驚訝地問，久米輕輕點了點頭。雖然我沒有說話，但也難以置信。

雖然我也是上了高中之後，我媽才為我買了智慧型手機，難以想像入學至今已經快一個月了，竟然還有同學沒有手機。她的父母一定很嚴格。

聽到開門的聲音，轉頭一看，看到兩個身穿青海學院制服的女生走進來。我還來不及叫出聲音，她們已經看到了我們，張大了嘴。

「好衰喔。」

「為什麼會在這裡？」

她們應該不是在說我。這兩個人就是之前在教室門口說久米壞話的女生。

「不是錯亂嗎？」

「真倒胃口，我們去別的地方。」

那兩個女生大聲說完後，轉身準備離去，其中一個人轉過身。她是和我同班的同學。

「町田，拜拜。」

她笑著向我揮手，我不知道該如何反應，什麼話都沒說。那個女生似乎並不在意，轉身走了出去。

「這兩個人怎麼回事啊？」

正也咬牙切齒地說。久米和在教室時一樣，低著頭一動也不動。

假設正也和久米同班，其中一個女生向正也揮手，正也應該會罵她「吵死了」。想到這裡，就覺得很對不起久米。

她們剛才叫久米「錯亂」，她們幫久米取這個綽號，應該不光是因為和她的名字「咲樂」發音相近的關係。

「久米，妳不使用手機這件事和她們有關嗎？」

正也問。他說話的語氣已經不再生氣，感覺他用這種不經意的方式詢問，不希望久米感覺不舒服。

「我中學的時候有手機，雖然我很努力，但還是無法馬上回訊息或是玩貼圖。」

久米低著頭回答，但她的聲音很小，我只能猜想她應該這麼回答。

「那學院的聯絡呢？」

我想不到該說什麼安慰的話，但又覺得沉默很痛苦，於是這麼問她。中學時，每個月的預定行程表之類的都會印在紙上發給學生，進了高中之後都使用電子郵件通知學生。

「我在學院登記了我媽的手機。」

「那我可以把稿子寄去那裡嗎？」

正也問久米。沒錯，我們剛才在聊這件事。

「如果可以，最好傳到我爸的電腦。因為我想看稿應該需要比較多時間，我沒辦法那麼長時間拿手機，我會把稿子列印出來看。」

久米充滿歉意，用幾乎聽不到的聲音說。

「沒辦法那麼長時間……」

正也應該並不是問久米，而是無法理解，所以才這麼小聲嘀咕，但久米費力地擠出聲音說：

「我只要拿著手機，就會覺得很害怕，好像社交軟體上的那些文字都會撲過來，好幾次都因此發生了過度換氣的情況。」

正也和我都無言以對。我們都陷入了沉默。

「對不起，和你們聊這種不開心的事。我爸媽也罵我太在意了，但我就是沒辦法不在意，對不起。」

久米一次又一次鞠躬。她爸媽竟然為了這種事罵她。我完全不認為久米反應過度，那些人即使在當面都可以若無其事地說這麼難聽的話，在網路上持續寫一些比那些話更充滿一百倍惡意的留言也不足為奇。

「我也沒有加入LAND，雖然有手機，但整天都玩手遊，數學小考快要不及格了。」

我嘿嘿笑著說。

「圭祐，你也是嗎？我昨天的小考，只差一分就要去補習了。」

正也也誇張地嘟噥著，我們相互抱怨說，明明已經協助三年級的學姊拍短劇了，但她們根本沒有向我們透露小考的重點，然後就解散了。

臨別時，看到久米帶著一絲微笑向我們揮手，我稍微鬆了一口氣，但我想她應該只是為了不讓我們擔心。

整個週末，正也都沒有傳劇本的稿子給我。

黃金週前半段的連假結束，回到學院上課的那天早上，才接到正也的聯絡。上完班會課後，手機收到了訊息。

『劇本完成了，午休時請你來幫忙裝訂。第四節下課後馬上來播音室。』

這麼點小事，直接來教室告訴我就好了。雖然我這麼想，但這是因為我們班級接下來要上的並不是會有隨堂小考的英語和數學課。我想像著正也可能正攤開不知道英語還是數學筆記臨時抱佛腳，回覆他『知道了』。

久米沒有手機，我通知她一下比較好。我才向她座位方向踏出一步，又響起了收到訊息的聲音。

『不要告訴久米』。

真是好險。難怪他用手機傳訊息給我。雖然我瞭解了他的意圖，但搞不懂為什麼不讓久米知道，八成是不希望墨水弄髒久米的手之類的理由，還是正也擔心自己好不容易完成的劇本又被久米挑剔？

正式加入廣播社之後，每天都和正也、久米一起去逃生梯那裡吃便當，所以原本想和久米打聲招呼，但又找不到適當的理由。第四節課一下課，我就拎著便當袋偷偷溜出教室。這樣感覺好像我在背叛久米。我走去播音室的路上這麼嘟噥著。

推開播音室沉重的門，看到正也、月村社長和敦子學姊在裡面，就不好意思對正也抱怨了。今天輪到這兩名學姊在午休時間放音樂。連假結束後，一年級的成員也要輪值日生。

「圭祐，對不起啊，那我們趕快去印刷室。」

正也手上抱著一大疊紙，分別是Ｂ５尺寸的影印紙和水藍色雲彩紙。他手上沒有便當袋。難道不吃便當就直接作業嗎？

「我們也可以幫忙啊。」

敦子學姊說完，和月村社長相互點著頭。

「不，我們兩個人就行了。」

正也拒絕了兩位學姊的提議，走出播音室後，走向職員辦公室隔壁的印刷室。我拎著便當袋，向兩位學姊點頭打招呼後，慌忙跟了上去。

「幸好班導師就是社團顧問老師。」

正也告訴我說，今天早上一到學院，他就向秋山老師申請使用印刷室。

但是，印刷室內有其他人。我記得他就是在新生訓練結束後，指示田徑社的學生搬椅子的那位老師。因為他沒有教我們，所以我不知道他是教什麼的老師，也不知道他的名字。

老師看到我們之後，看向掛在牆上的月曆白板。今天的日期那一欄中寫著「午休時間・廣播社」幾個字。

「不好意思啊，我馬上就好。」

老師對正也說完，將視線移向我。

「町田圭祐。」

「有！」

因為老師突然叫我的全名，我感到驚訝的同時就像之前公佈驛站接力賽名單時那樣大聲回答。

「你加入廣播社嗎？」

「是……啊。」

我小聲回答，和剛才完全不一樣。老師為什麼問我這個問題？

「是嗎？你……」

老師的話還沒說完，就聽到嗶的一聲，印刷機停止了。

「好像印完了。」

老師雙手拿起印好的講義，把印刷機讓給我們。

「青海的廣播社也經常進入全國比賽，加油囉。」

老師面帶笑容說完，走出了印刷室。

「他為什麼知道我的名字？」

我確認門關上後，小聲嘀咕。

「我記得他是田徑社的顧問老師，所以應該會調查在驛站縣賽中活躍的選手或是有實力的中學生吧？」

正也把抱在手上的那疊紙放在工作台上說。

難道我在田徑社老師的調查名單內嗎？

「沒時間了，趕快動手吧。」

正也拍了一下手，似乎想要改變眼前的氣氛。

正也帶了L形資料夾放在影印紙和雲彩紙下方，裡面就是劇本的稿子。B5影印紙只有單面寫字，縱向的上半部分是空白，下半部分是以每頁二十行，每行二十字的劇本格式寫的內容。大約有二十頁。

正也說，他在中學的畢業旅行時負責製作小冊子，知道怎麼使用印刷機，所以俐落地把影印紙裝進印刷機。他說月村社長給了他這些用廣播社的經費購買的紙，我在一旁拿起沒有寫劇名的第一頁稿紙看了起來，立刻看到了電視劇劇本上沒有看過的符號。

「正也，SE是什麼？」

「Sound Effect，音效，就是音響效果的意思。廣播劇的劇情發展不是都要靠聲音嗎？所以必須用聲音來表現電視劇中的舞台提示。」

「是喔……所以鬧鐘響起的時間，聽眾就知道時間是早上。」

我把第一張稿紙交給已經裝好紙張的正也，印刷機發出嗡的聲音開始讀取稿件。

「那名字下方的M是什麼意思？〈交換〉中也有N，學姊告訴我，這代表旁白的意思。」

「M是monologue，內心獨白的意思。」

「原來是這樣。」

正也按了印刷的按鍵，印刷機連續吐出影印紙。

「要印幾份？」

「我想印十五份。」

廣播社總共有十二人，除了答應協助的三年級學姊以外，他還打算發給二年級的學長姊嗎？

我把第二頁稿紙交給正也，然後把印完第一頁的那疊紙從印刷機中拿了出來。我把印好的第一頁弄整齊後，放在印刷室中央的工作台上，然後用相同的方式疊好第二頁、第三頁，同時看了稿子的內容。

咦？奇怪……

「正也，這是你上次說的可以聽到十秒心聲的故事嗎？」

正也面對著印刷機繼續作業的同時回答說：

「不，我在連假時寫了新的作品。」

「所以你只花了三天就完成了這個劇本嗎？」

我驚叫起來。這才發現已經印完了，慌忙把第十一張稿子遞給他。正也轉過頭，難得露出嚴肅的表情。

「之前告訴你們的那個作品花了很長時間寫，所以完成度可能比較高，但是那天之後，我又想到了另一個故事。既然可以為J賽寫一部作品，我覺得應該寫這個故事。」

上次我們三個廣播社的一年級新生去速食店時，我和正也都為在那裡發生的事感到很不愉快。我在回到家後，就把這件事拋在腦後，但這件事在正也的腦海中漸漸發展出這個故事。

「雖然我只看了一半，但我知道你為誰寫這個故事。有很多人都有這種煩惱，我相信可以打動很多人。」

正也目不轉睛地看了我幾秒鐘，我以為臉上沾到了墨水，忍不住用指尖抓了抓鼻頭。這明明是正也的習慣動作。

「聽你這麼說，我就安心了。」

正也對我露齒一笑，然後轉身面對印刷機。我完全搞不懂他安心的點在哪裡。

看完最後一頁稿子時，我忍不住有點興奮。我覺得自己可能結交了一個很了不起的朋友。雖然我的個子比較高，但我此刻感覺正也很高大。

正也把雲彩紙放進了印刷機，我把放在稿子最下面的最後一頁交給他。印刷機吐出了封面那張紙。

劇名是〈圈外〉——

〈圈外〉　宮本正也・文

ＳＥ　手機的鬧鐘響起

圭司「（帶著睡意）已經七點了……」

SE　關掉鬧鐘

圭司M「手機今天也顯示收不到訊號的圈外，這已經是第五天了。」

SE　走下樓梯，打開門。

晨間新聞的聲音。

桃花「哥哥，早安。」

爸爸「圭司，電視上正在報導你讀的那所高中。那我先去上班了。」

SE　離席的聲音。

新聞報導的音量變大。

主播「昨天晚間，成為國內第十二名圈外症病患的少年被送往政府相關設施。政府相關單位宣佈，將盡快查明引起該症狀的原因、預防對策和治療方法。接下來為您播報下一則……」

SE　新聞報導的音量變小。

圭司Ｍ「圈外症。正式名稱為電波屏障症候群，是讓發病者周圍半徑一公里以內的手機都收不到訊號，顯示圈外的神祕症狀，或者說是現象。」

媽媽「沒想到我們周遭也有人得圈外症……你們趕快吃早餐，不然快遲到了。」

圭司「好啦好啦。」

桃花「我肚子痛，不想吃。我今天可以向學院請假嗎？」

媽媽「啊喲，妳怎麼了？學院不是快要期末考了嗎？還是吃點藥去學院比較好。」

圭司「對啊對啊，妳該不會不想考試，所以才會肚子痛？這是心理作用，即使考試零分，人生也可以很快樂。」

媽媽「圭司，你又亂說話！」

圭司「嘿嘿嘿。」

桃花「（嘀咕）才不是……」

SE 上課鈴聲響起。

教室內鬧哄哄。

優月「沒想到茂流竟然得了圈外症，太好笑了。」

男生A「茂流這個跟蹤狂跟蹤妳就已經夠噁心了，還得了圈外症？不過聽說專門收容那種病人的設施很豪華，又不必再來學院，他應該覺得爽翻了吧？」

男生B「再見了，茂流！永遠不再見囉。」

優月．男生A．男生B「哇哈哈哈（狂笑）」

SE 教室的門打開。

圭司M「茂流是從小一起玩到大的朋友，以前我們是好朋友，後來因為……」

男生A「喂，圭司，早安。你家不是住在茂流家附近嗎？是不是有很多記者？」

圭司「沒有……」

優月「我家也在茂流家的圈外範圍，但沒看到什麼記者。聽說不光是智慧型手機，也會對相機造成影響，螢幕會一片黑，然後無法錄到聲音。」

男生B「這已經是靈異現象了吧？」

優月「但現在已經通了，昨天晚上，我熬夜在LAND上聊天。」

圭司「昨天？」

優月「我記得好像九點左右？」

圭司M「我的手機今天早上仍然是圈外。」

男生A「什麼？圭司，你的手機還是圈外嗎？你該不會也有圈外症？因為你以前和茂流很好，他傳染給你了。」

男生B「你白癡喔，如果是這樣，我們的手機現在也會顯示圈外。」

男生A「喔，對啊，那我來看一下……嗯，有訊號。圭司，太好了。」

優月「不要把圭司和茂流混為一談。」

男生A「怎樣混為一談？他們都喜歡美少女動畫？熱愛的角色和妳很像……」

優月「閉嘴啦！」

男生A・B「哇哈哈哈（狂笑）」

SE　上課鈴聲響起。

英文課。

圭司M「茂流從小學的時候就暗戀優月，當初是我鼓勵他向優月告白。不是優月像茂流喜歡的動畫角色，而是他覺得那個動畫角色像優月。」

SE　英文課。

男生A「老師，我也有圈外症，所以無法接收到老師的聲音。」

男生B「超好笑。」

圭司M「茂流沒有勇氣偷拍優月，所以就買了和優月很像的動畫角色商品藏在書包深處，沒想到在上體育課前換衣服時，被那兩個男生看到，之後……」

男生A「啊啊，我也想去住那個豪華設施。」

男生B「你沒有手機，根本活不下去吧？」

圭司M「他轉眼之間就被全班討厭，有人把他的鞋子藏起來，或是故意絆倒他。我並沒有直接對他做出這種霸凌行為，但是……」

男生A「如果茂流晚一天被抓走，我恐怕就死了。」

男生B「沒錯，你根本是手機中毒，我也差不多。應該說，全班都一樣吧？」

圭司M「在LAND上的班級群組中，在變成最後一個沒有說茂流壞話的人之前，我寫了一句話，好噁。」

SE 腳踏車的煞車聲。
打開玄關門的聲音。

圭司「我回來了。」

媽媽「啊喲，你回來了。」

桃花「（小聲）哥哥回來了……」

圭司「妳們要出門嗎？」

媽媽「桃花下午提早回家了，所以我想帶她去看病。」

桃花「只要睡一覺就好了。」

媽媽「不行，一定要去檢查一下。圭司，那我們走了，在晚餐之前會回來。」

圭司「好，路上小心。」

ＳＥ　玄關的門關上。
　　走上樓梯。
圭司Ｍ「桃花房間的門沒有關。咦？她的手機忘了帶出門。算了，反正是去醫院，不帶手機
　　也沒關係……對了，訊號。果然還是收不到訊號的圈外。桃花的呢？我只是確認一
　　下。打擾了……這是怎麼回事？」
女生Ａ「桃花煩死人。」
女生Ｂ「桃花很噁心。」
女生Ｃ「去死啦。」
ＳＥ　大音量的音樂。
媽媽「圭司。這樣不是會吵到鄰居嗎？晚餐做好了，你趕快下來。」
ＳＥ　關掉音樂。

走下樓梯，打開門。

圭司「爸爸，你回來了。」
爸爸「我回來了，學院沒問題嗎？」
圭司「圈外的事嗎？沒問題，和平常一樣。」
爸爸「是嗎？那就太好了。桃花今天去醫院看病了嗎？」
媽媽「醫生說只是感冒而已，桃花睡相不好，一定是睡覺時肚子著涼了。」
桃花「嗯。」

SE　門鈴聲響起。

媽媽「來了……你說什麼？老公！老公！」

SE　雜亂的腳步聲。
放茶杯的聲音。

媽媽「請喝茶。」
職員「請不必費心。」
爸爸「你們說我家桃花有圈外症，沒有搞錯嗎？」
職員「對，因為已經用NASA開發的機器調查過了。」
媽媽「桃花會怎麼樣？」
職員「會請她住在政府專用的設施內加以保護。」
桃花「（哭了起來）我不想去。」
媽媽「非去那裡不可嗎？」
職員「在得到我們的保護之前，如果被周圍人發現得了圈外症，都會受到周圍的誹謗和中傷，甚至遭到迫害，所以最好趕快……」
圭司「等一下。」
職員「你半路這樣殺出來，有什麼問題嗎？」
圭司「順序顛倒了，這樣根本無法解決任何問題。」
爸爸「圭司，你說的是什麼意思？」
圭司「桃花，對不起，我看了妳的手機。上面有很多惡毒的留言，而且已經持續了一段時間。」

媽媽「所以一直不想去學院……」

圭司「桃花不敢告訴任何人，所以只能強烈希望不要再看到這些留言，希望這一切趕快停止，希望手機最好無法使用，對不對？」

桃花「嗯……」

圭司「所以才會得圈外症。」

職員「怎麼可能因為這種小事？」

圭司「這才不是小事而已，昨天受到保護的茂流也遭到了霸凌，大家都用惡毒的留言攻擊他，甚至他眼中的好朋友也……」

桃花「哥哥……」

圭司「並不是因為得了圈外症才受到誹謗中傷和迫害，而是因為受到誹謗中傷和迫害，才會得圈外症！即使把受害人隔離，也無法解決任何問題，相反地，只會出現更多圈外症的人。我會在這個家裡保護桃花。」

職員「但是，並沒有數據顯示……」

媽媽「數據並不重要，桃花，對不起，之前都沒有發現妳承受這麼大的壓力，媽媽也會保護妳。」

職員「這樣我們很難交代。」

爸爸「請你們離開吧，我們全家人會全力保護我女兒，無論對方是誰，我們做好了殊死奮戰的心理準備。」

職員「請等一下，我請示一下主管。」

SE　手機撥號的鈴聲。

圭司「咦？手機為什麼可以接通？」

職員「對啊，可以接收到訊號，不是圈外了。以前從來沒有遇過這種情況，雖然這只是我的猜測……這或許是解決圈外症的第一步。」

爸爸．媽媽．圭司「桃花！」

桃花「謝謝你們……」

職員「那我就先告辭了。」

圭司「請等一下，有沒有方法可以聯絡住在設施內的好朋友？」

職員「寫信的話，住在設施內的人可以收到。」

SE　關門的聲音。

圭司M「茂流，我會寫信給你，直到你相信你不是孤軍奮戰。」

END

放學後，正也把午休時間完成的劇本帶去播音室。他先拿了一本交給久米，然後把劇本放在播音室後面房間那張桌子的正中央，三年級學姊立刻圍了上來，每個人拿了一本。

「喔，真的寫出來了，也有我們的份嗎？」

二年級的學長問，正也說著「有啊」，然後把劇本發給每一個人。大家都立刻看了起來，我仔細觀察每一個人臉上的表情，興奮地期待他們看完之後，不知道會表達怎樣的感想。我最在意的是久米的反應，雖然劇本並不是我寫的。

正也心神不寧地重溫自己寫的劇本。

「寫得很好啊。」

敦子學姊說。

「雖然J賽中經常有拒絕霸凌的故事，但很少有這種帶科幻味道的設定。」

三年級的學姊都已經看完了劇本，聽了敦子學姊的話，紛紛點頭表示同意。

「唯一的美中不足，就是如果再加一點戀愛元素的話會更好，比方說，不是兄妹的設定，而是改成一對情侶之間的故事。」

光流學姊說。

「好主意！」樹里學姊說，然後兩個人熱烈討論起來，說可以設定他們兩個人剛好住在隔壁。

我的心情很複雜，感覺很不舒服。她們不知道正也帶著怎樣的心情寫這個劇本，竟然想到什麼就說什麼，我很想罵她們「那為什麼不用這個標準看〈交換〉？」

「怎麼可以輕易叫作者改變設定？」

紗華學姊說。也許因為她負責寫劇本，所以能夠充分瞭解這種心情。

「我也覺得不能隨便改變兄妹的設定，因為家人的愛是這個故事的關鍵之一。」

月村社長說。聽了她正面的意見，我暗自鬆了一口氣。

「對啊對啊，萌的要素有圭司和茂流就夠了。」

敦子學姊興奮地說。我只能感到無奈。

正也明顯露出了失望的表情。我覺得這個劇本很厲害，正也可能也對自己的作品很有自信，但即使在這麼小的團體內，每個人也有各種不同的反應，也許發表自己的創作除了喜悅以外，還必須感受丟臉、失望和決心等各種不同的感情。

「請妳們不要再說笑了。」

二年級的白井學姊說道，她毅然飽滿的聲音讓室內一下子安靜下來。雖然我原本偷偷幫她取了「白襯衫」的綽號，但我覺得好像叫「學生會長」也不錯。不，現在不是想這種事的時候。

「這不是練習作品，而是要參加J賽的劇本，請妳們態度嚴肅一點。」

白井學姊露出嚴厲的眼神看著三年級的學姊。

「我們也是認真表達自己的感想，更何況不是你們二年級對現在才開始製作感到很不屑嗎？那妳說說看了這個作品有什麼感想？」

敦子學姊不滿地說。

「我認為霸凌的描寫太多了，反而有可能變成助長霸凌的內容。」

白井學姊說到這裡，停頓了一下，看著正也。正也的神情凝重。原本以為白井學姊為正也說話，沒想到她竟然開始批評，但是……

「我認為每個學院應該都有類似的霸凌情況。」

敦子學姊反駁道。因為我也有同感，所以用力點著頭。

「我認為大部分學生都會這麼覺得，但仍然有很多大人不願承認這個事實。有時候明明有學生已經走上了絕路，院方還堅稱學院並沒有霸凌問題；也有的學院已經有好幾名學生向老師報告，但老師仍然假裝沒有察覺。」

件。

雖然我幾乎不看新聞報導，也可以回想起地點改變、人物改變，卻一再發生的類似事件。

「大人不是努力解決霸凌的問題，而是假裝沒看到、沒有發現，就當作這件事沒有發生。到時候會由這些大人審查作品。」

「妳的意思是，他們當作沒有發生的事就發生在生活周遭，即使把這樣的事實擺在那些大人面前，他們也不願意認為自己也是造成這種情況的原因之一嗎？」

敦子學姊點頭表示認同。

「沒錯，所以他們會去其他地方找原因。」

白井學姊回答，樹里學姊打了一個響指繼續說：

「沒錯，他們會說是書籍、電視節目對學生造成了毒害，無論家長和老師都想辯稱是孩子受到了外界的不良影響。」

「明明是他們的教育出了問題。」

敦子學姊咬牙切齒地說，月村社長以外的三年級學姊都笑了起來，然後嘆著氣。

「枉費學弟寫了這麼好的劇本。」

紗華學姊語帶遺憾地嘀咕。

「但未必所有的評審都是這種大人吧？」

光流學姊很沒有自信地問，我也希望是這樣。

「是啊，這種大人會大聲主張，消除內心的愧疚。」

敦子學姊做出投降的姿勢。沒有任何人說，即使這樣，仍然想要製作這齣廣播劇。我瞥了正也一眼，他低著頭，好像很失望沮喪。久米也一樣。我也跟著低下了頭，看到了封面上「圈外」這兩個字。這部作品就這樣失去了成為廣播劇，讓更多人聽到的機會了嗎？

「等一下！」

我看向聲音傳來的方向。是月村社長。

「因為不符合評審的口味，所以就放棄，這樣會不會太奇怪了？徵件簡章中寫著『有高中生特色的作品』，我認為這並不是代表大人理想中有高中生特色的作品，而是由現在身為高中生的我們透過作品，用我們自己的語言傳達只有我們才能感受到的事。」

我在腦海中思考著社長說的話。雖然我自己不會有這樣的想法，但並非無法表示同意。我用力點了點頭。

「但既然要參加比賽，不是就要努力得獎嗎？我並不是否定〈圈外〉這部作品，也對學弟能夠寫出這麼出色的作品感到驚豔，正因為這樣，所以才覺得大家可以一起討論如何改善，讓這部作品可以進入全國比賽。」

白井學姊激動地繼續反駁，但她肯定了正也的作品。我對這件事感到鬆了一口氣。

「如果為了得獎而改變劇本，我認為即使不得獎也沒關係。」

月村社長維持剛才的語氣說。

「宮本在寫這個劇本時有他想要傳達的訊息，我們也帶著各自的想法製作這個廣播劇，即使最後無法得獎，我認為沒有人會為此後悔。」

「又要找藉口了嗎？」

白井學姊露出挑釁的眼神說，沒想到社長竟然對她露出了溫和的笑容。

「這次並不是。因為有人告訴我，必須做好被罵、遭到批評的心理準備，跨越這條界線之後，好聽、好看的作品才能夠誕生。雖然很容易因為太在意別人的反應而自我設限，難以跨越這條界線。」

社長說完，環顧了所有人。

「至少我哥哥那一屆製作的電視短劇就是這樣的一部作品，只是那部作品和〈圈外〉的主題不同。我剛才說的那句話，其實是我哥哥說的。我現在為自己正在挑戰這樣的作品感到興奮，所以宮本，我們一起來製作這個廣播短劇！」

正也抬頭看著社長的眼睛，用力點了點頭……我猜應該是這樣，因為我的視野模糊，完全看不清楚。我趁敦子學姊和其他三年級學姊用力鼓掌時，用力吸了吸鼻子，用上衣袖子擦了擦溼潤的眼眶。

「呃，我可以插一句話嗎？」

二年級學長舉起手後站了起來。我忘了他叫什麼名字，只知道他體格壯碩，曬得很黑，看起來不像是廣播社的人，似乎更適合參加橄欖球社。

「我想加入這部作品。」

橄欖球學長的話太出乎意料，月村社長對他露出了錯愕的表情。

「當然超歡迎啊。」

「我也想參加。」

二年級的另一名學長也舉起了手。他戴著眼鏡，眉清目秀的樣子讓我想到「高材生」。

「白井，妳也不必這麼咄咄逼人，只要坦誠地說，這個劇本很好看，妳也想要加入。我覺得妳超適合演最後那個說話一板一眼的職員，翠理可以演女主播。」

「啊，可以讓我演那個角色嗎？」

女主播學姊興奮地問。高材生學長沒有徵求別人的意見就擅自決定了角色，但我覺得他的選角很出色。

「等一下，那就來分配角色。」

敦子學姊站了起來，拿了白板過來，很快俐落地寫下了主角和其他角色的名字，然後在主角「圭司」的下方寫了我的名字「町田」。

「等一下，主角是我嗎？」

我慌忙問。

「當然啊。」

敦子學姊露出一臉「怎麼還在問這種蠢問題？」的表情回答，然後在「桃花」下方寫了「久米」的名字。久米不發一語地看著白板，並沒有露出為難的表情。我在看劇本時，就覺得桃花就是久米。

接著又結合了自告奮勇和他人推薦的方式，決定了由誰來演其他配角。

爸爸＝正也、媽媽＝光流學姊、優月＝敦子學姊、男生A＝橄欖球學長、男生B＝高材生學長、主播＝女主播學姊、職員＝白井學姊，另外，在LAND上留言的女生A．B．C分別由月村社長、樹里學姊和紗華學姊扮演。

月村社長和正也擔任導演，樹里學姊和我負責錄音和剪輯工作，紗華學姊和久米負責配樂。

總監當然就是月村部長。離區域選拔賽還有一個月，廣播社三個年級的所有成員都要一起挑戰這齣廣播短劇。

沒想到二年級的學長姊也願意一起加入，我感到心滿意足，但在解散之後，我才想到還沒有問最重要的人對這部作品的反應。

「正也，太好了。」

走向院門時，只有我一個人興奮地說著話，簡直就像和平時互換了角色。當我轉過頭時，看到久米走在和我們相距幾公尺的後面。雖然我有點擔心，在人多的地方和她說話，又會被那些同學說壞話，但久米沒有手機，只能現在問她。

「久米！」

我停下腳步，等待久米追上來。

「久米，妳看了〈圈外〉之後有什麼感想？」

「喂……」

正也聽到我興奮地問，拉著我的上衣衣襬。他在害羞什麼啊。

「很有趣。呃……雖然我剛才沒有說，但就像敦子學姊說的那樣，我也覺得圭司和茂流的關係超萌。那就明天見。」

久米說完就跑走了。她跑得超快，讓我想起她以前中學時參加過田徑社這件事。不，我驚訝的並不是她逃跑的速度。圭司和茂流的關係超萌？

我說不出話，戰戰兢兢地看向正也，希望他不會感到失望。

「圭祐，我問你，如果你遭到霸凌，你的同學完全不幫你，還寫了一篇作文希望大家不要再霸凌你，然後發給大家，你會怎麼做？」

原來是這樣啊。我忍不住抱頭煩惱。

「雖然我寫的時候很投入，但在放學後發給大家，自己也重新看了之後，開始覺得好像不該寫這個故事，擔心久米會不會因為我寫了她的事感到很受傷。」

原來正也在播音室時並不是因為學長姊的談話，而是因為這個原因，所以一直露出複雜的表情。

「但是，已經回不去了。」

我直視著正也說。

「中學二年級的時候，有一個三年級的學長被選為驛站接力賽的成員後說，他很擔心自己無法勝任，而且他的腳最近有點痛，我當時感到很不滿，很想對他說，既然這樣，就應該在老師公佈名單之前就對老師說要自願退出。」

「對不起……」

正也沮喪地向我道歉。

「我並不是對你生氣，那個學長可能只是希望別人安慰他，也並不是想炫耀，只是真的很不安，無法不說出口，但在接下來需要大家齊心協力，一起努力的緊要關頭，一個人在那裡抱怨，我不太會形容，總覺得這樣就好像破了一個洞。」

「破了一個洞？」

「就像是裝滿水的氣球破了一個洞，然後其他人的不滿也會從那個破洞擠出來，最後就整個破掉了。」

「圭祐，你每次的比喻都很容易理解……二年級的學長姊也願意協助，現在沒工夫在這裡煩惱。」

「對啊，如果被學生會長聽到你說這種話，一定會冷笑著說，看吧，我早就知道了。」

我說完這句話，忍不住向周圍張望。幸好學姊不在。

「啊？白井學姊才二年級，就已經是學生會長了嗎？」

正也驚訝地問。

「不，我只是覺得她很像而已，是暗中幫她取的綽號，而且我剛才根本沒提到她的名字。」

「對喔。你幫其他二年級的學長姊取了什麼綽號？不，等一下，我來猜看看。」

正也笑著說著「肌肉男」、「眼鏡男」和「主播」之類的綽號，邁開了步伐。

我不知道久米怎麼看〈圈外〉這個劇本，但是我希望可以相信，她知道正也絕對沒有傷害她的想法。

後半段的連假也結束了，廣播短劇正式開始製作，但我在放學後沒有去播音室，而是去了一年五班的教室。因為我數學隨堂小考的成績離及格差了兩分，必須在放學後去參加補習。

原本想請正也代我為這個沒出息的原因請假，沒想到正也也要補習，結果我們兩個人只好抓著頭，請久米幫我們請假。

「沒想到入學才一個月就要來補習。」

因為可以隨便坐，我和正也一起坐在靠走廊那一側的後排座位，嘆著氣這麼說道。

「我是因為寫劇本的關係。」

正也一本正經地說。

「你要說這種藉口嗎？那我也有藉口啊，因為那天的數學是第五堂課。」

「所以呢？」

「那天午休的時候不是去幫忙裝訂〈圈外〉，回到教室就小考了。」

「真不好意思，對不起。」

聽到正也向我道歉，我反而覺得不好意思。其實只有那天午休時比較忙，連假的前半段都很閒，我去租了很多最近超紅的美劇ＤＶＤ，整天都在家裡追劇，還騙我媽說我在研究戲劇。

看到有很多人來補習，幾乎坐滿了整個教室，不由得鬆了一口氣，交了考卷之後，和正也一起走向播音室。

準備伸手抓門把時，正也「啊！」了一聲。我順著正也的視線看過去，發現門的上方亮著「ON THE AIR」幾個字。

「他們在幹嘛？」

雖然在門外說話並不會造成影響，但我還是把音量降到最低問正也。

「不知道。」正也偏著頭納悶。

不一會兒，燈就滅了。我們戰戰兢兢地打開門走進去，發現四名三年級的學姊和久米都在前面的房間，隔著玻璃窗戶，也可以看到月村社長在裡面的房間。

「喔，大牌演員姍姍來遲啊。主角被抓去補習，想對台詞都沒辦法。」

敦子學姊調侃地說，我只能抓頭。

裡面的房間內，平時放在中央的桌子挪到了角落，中央放了一個落地式麥克風，月村社長面對窗戶站在麥克風前，攤開像是課本的東西朗讀著。

「月村社長在幹嘛？」

正也問敦子學姊。

「為錄製音效練習啊，不是有一部分內容是上英文課的時候嗎？」

「在實際英文課的時候錄音不就好了嗎？」

「那不是會有很多雜音嗎？而且也會影響正常上課，聽廣播的時候，只要聽到上課鈴聲，然後有人在朗讀英文，不就完全是英文課的感覺了嗎？」

「原來是這樣。」

正也抱著雙臂點著頭。雖然正也對劇本有相當的研究，但在製作方面還有很多不瞭解的事。

「對了，圭司是幾年級？」

紗華學姊問正也。我這才想到劇本中沒有提到這一點。正也露出吃驚的表情。

「對不起，因為太趕了，我忘了寫出場人物表……他是二年級。」

我以為是一年級。久米也露出了驚訝的表情。但是……

「太好了，我猜對了。」

紗華學姊心滿意足地點了點頭。

「妳為什麼認為他是二年級？」

正也問。

「雖然劇本中提到了期末考，但並不知道是第幾學期，如果把作品發表的季節也視為廣義的SE，應該是和比賽季節相同的夏天之前吧？如果是一年級的學生，不太可能這麼快就被逼到發展為圈外症；如果是三年級，班上應該有不少人會開始為考大學做準備，所以不可能全班一起霸凌。所以我們三年級的人在討論之後，讓彩莉朗讀二年級課本中六月左右學的課文。」

聽了紗華學姊的說明，我只能佩服地點頭。

「其實我有不同的意見。」

光流學姊說。

「我覺得應該是冬天，桃花才能夠說她肚子痛是感冒，而且這樣也可以增加對於被關進未知設施的不安。」

聽了光流學姊的意見，我也情不自禁地點頭。

「對不起，我完全沒有想到季節的問題。」

正也深深鞠了一躬。我想起〈圈外〉的劇本中完全沒有熱或是冷這種代表季節的文字。

我試著回想自己在看〈圈外〉時腦海中浮現的影像，但現在有點搞不清楚劇中人物身上穿的是夏天的制服還是冬天的制服，所以無法想像出明確的內容。

「如果要呈現季節感，那就設定在秋末，一年級的第二學期。」

正也斷言道。他是不是原本就設定主角是高中一年級的學生？學姊剛才問的問題，讓他意外得到了可以主張並不是以久米作為創作原型的機會，所以他回答是二年級，但最後決定不再逃避。雖然這一切都只是我自己的想像。

「這樣也很合理。」

把耳機掛在脖子上，正在操作電腦的樹里學姊說。

「沒錯，那我去叫彩莉。」

紗華學姊走去裡面的房間，樹里前輩把耳機的線從電腦上拔了下來，立刻聽到流利的英文。

「這是月村社長嗎？」

我問剛好和我對上眼的敦子學姊。

「對啊，她曾經代表我們年級參加院園英文演講比賽，她的發音是不是很棒？」

「我還以為是外國人，原來還有這種比賽。」

「在秋季的時候，很可惜，去年的冠軍是比我們低一屆的學妹。」

「原來還有比月村社長更厲害的人。」

「不是，是題材的問題。彩莉演講的內容是對自己影響最深的電影，那個女生的演講內容是家人得了重病，但很努力和疾病奮鬥。我不太喜歡這種的……」

「已經過去的事就不必再提了。」

月村社長從裡面的房間走出來，嘟著嘴站在敦子學姊的背後說。

「宮本，我也贊成你的意見，那就把二年級的人也一起找來，大家來研究劇本修改一下，看哪裡可以呈現季節感。」

社長說完，就像打場記板一樣拍了一下手。

二年級的學長姊都在圖書室製作紀實作品的相關資料，敦子學姊用內線電話聯絡他們之後，他們立刻來到播音室。

等待期間，我們一年級新生在社長的指示下去裡面的房間做準備工作。把麥克風移到角落，然後拉開預備桌，讓所有人都能夠坐在桌子旁，再把鐵管椅排在桌子周圍。

「原來小考不及格真的要去補習。」

「就是因為你說這種話，所以別人才會覺得我們二年級這票人整天酸言酸語，雖然我也從來沒有去補習過。」

二年級的兩名學長——高材生學長和橄欖球學長笑著走了進來，兩個學姊跟在他們身後，他們手上都拿著〈圈外〉的劇本和筆，在桌旁坐了下來。

「現在開始對台詞，在此之前，負責寫劇本的宮本要補充說明一下。」

月村社長坐在座位上，請正也說明。

「呃，我忘了製作出場人物表，主角圭司是高一的學生，季節是在第二學期末。」

「這種事不需要特別說，在看的時候就知道了。」

室內原本就很悶熱，這句毫不留情的話讓正也的額頭冒出了汗。說這句話的當然就是白井學姊。

「只有一年級的學生才會用這種幼稚的方式霸凌，所以第一學期的話太早了，如果是第三學期，覺得很快就要重新分班了，想法也會比較正面。既然這樣，就只剩第二學期了。」

雖然白井學姊的推理合情合理，但難道不能說得婉轉一點嗎？我忍不住在內心嘀咕。不知道等一下會怎麼批評我。還沒有開始對台詞，我就開始憂鬱了。

即使是相同的劇本，不同的人就會有不同的解讀。這就是我在所有成員對完〈圈外〉的台詞後的感想。

並不是只有針對主角的學年和季節這些正也忘了寫在劇本中的基本事項有不同的詮釋。

故事開始時，當我用傷腦筋的語氣唸「手機今天也顯示收不到訊號的圈外，這已經是第五天了」時，月村社長和正也同時偏著頭。我很納悶他們覺得哪裡不對勁，但還是認真聽久米接下來讀的那句「哥哥，早安」。聽到她用開朗的語氣唸出來時，我也忍不住偏著頭。因為我原本以為遭到霸凌的桃花說話的聲音聽起來會很沮喪。接下來媽媽的台詞比我想像中更溫柔，爸爸說新聞報導有拍到兒子學院那句話的語氣，也完全不像我原本想像的那麼緊張。

爸爸這個角色由寫劇本的正也扮演，所以這代表我的理解有誤。於是，每次輪到我唸台詞時，就對是否該用這種語氣很沒有自信。雖然在後半段連假期間，我用自己的方式理解這個故事，也在家裡練習了好幾次。

播報新聞的女主播學姊果然厲害，更令我驚訝的是演霸凌角色的兩名學長的演技。雖然我並不是演遭到霸凌的茂流，但聽了他們的對話，心裡竟然有一種隱隱作痛的感覺。

在家練習時，我也曾經朗讀了圭司以外的台詞。朗讀到霸凌角色的台詞時，也試著用很賤的語氣說話，但簡直和學長差太遠了。即使是演技，我也不想說這種話。這種想法妨礙了演技。這樣就無法演出真實感，也不可能把茂流逼到得圈外症。

敦子學姊把假裝可愛的討厭女生演得活靈活現，我覺得她演得太好了。最令人嘆為觀止的就是白井學姊，她冰冷的聲音會讓人心生絕望，覺得如果被她帶走，人生就完蛋了。難怪她對別人這麼嚴格。

對完所有的台詞後，大家逐一確認每一句台詞。

紗華學姊的提議，在圭司第一句台詞「已經七點了」之前加一句「好冷……」，強調季節感。因為這句台詞出現在手機的鬧鐘聲之後，所以聽眾應該會很自然地想到圭司從被子裡伸出手的畫面。

為了明確主角就讀的年級，將主播朗讀新聞稿中的「少年」改成「高中一年級學生」。

除了增加台詞、修改台詞以外，大家還提出了對說台詞方式的建議。月村社長認為，圭司並沒有手機依存症，所以在說「手機今天也顯示收不到訊號的圈外，這已經是第五天了」這句台詞時，不需要用太傷腦筋的語氣，而是用和說「已經七點了」這句台詞時相同的語氣。正也也點頭表示贊成。

在討論時，並不是只聽從某一個人的意見，而是彼此溝通。白井學姊認為桃花說「哥哥，早安」那句話時，語氣應該更沮喪，久米語無倫次地說，她認為桃花不想被家人知道她遭到了霸凌，所以極力表現得很開朗。大家也接受了她的詮釋方法。

三年級的學姊討論說，媽媽前半部分的語氣可以比較嚴厲，有助於襯托後半部分全家人團結一心的發展，更能夠感動人心。

「看到自己兒子讀的學院上了電視，不是會更驚訝嗎？」

敦子學姊提出建議後，寫劇本的正也竟然也改變了說這句台詞的語氣，但正也是同意學姊的意見才改變。

那兩個霸凌的男生到底為什麼討厭茂流？只因為茂流帶了動畫角色的商品，就對他態度這麼惡劣嗎？是不是其中一個人暗戀優月？優月是不是喜歡圭司？是不是因為這個原因，所以才這麼誇張地拒絕茂流的好感？

把大家討論的這些內容寫在劇本的空白處，就覺得劇情越來越豐富。

我這個人很容易把心事寫在臉上，所以可能在家也露出了開心的表情。在〈圈外〉的錄音工作已經完成了七成後回到家的週末晚上，媽媽主動問我社團活動都在做什麼。之前我偶爾會告訴她在廣播社發生的一些無關緊要的事，但這是她第一次主動關心。看來在町田家，社團活動已經不再是禁忌話題。

「目前正在製作廣播劇。」

「這樣啊，聽起來很有趣。是不是會用篩子和紅豆做出海浪的聲音，或是踩在太白粉上，假裝是走在雪地上的聲音？」

我不知道媽媽在說什麼，以前都用這種方式做音效嗎？

「現在不會做這種事，有音效專用的CD，但腳踏車的煞車聲和搬椅子的聲音都是我們自己錄的。上下樓梯的聲音是在舊館的禮儀教室前錄的，還請茶道社的同學為我們沏了茶，這可能是我第一次喝抹茶。」

「這樣啊，原來你負責這些工作。」

媽媽開心地笑了起來。

「除了做這些事以外，我還是主角，為主角配音。」

為了讓媽媽更高興，我告訴她這件事。媽媽驚訝地瞪大了眼睛。

「作品到時候會在哪裡發佈？媽媽可以看到，不，是可以聽到嗎？在文化祭嗎？」

媽媽語帶興奮地問。我想起以前媽媽興奮地拿著攝影機拍田徑比賽的事。

普通民眾可以聽到我們的作品嗎？雖然播音室內有學長姊以前製作的作品ＣＤ。

——因為擔心你們會太在意得獎作品，然後受到作品的影響。

因為月村社長這麼說，所以我們一年級生還沒有聽過。我原本想對媽媽說，也許可以借ＣＤ回家給她聽，但最後還是忍住了。

太害羞了。因為連自己聽錄好的內容，也覺得有點渾身不自在的感覺。這和被媽媽看到我跑步的樣子完全不一樣。我快速回答說「我去問看看」，然後把碗裡的飯扒進嘴裡。

星期一的早晨舉行了全院集會，報告了春季高中全運會區域預賽的結果。

我第一次得知連假期間和五月中旬的週末舉行了預賽，而且一年前的相同時期，我也每週都會去參加田徑比賽。

全院集會並不是表揚大會。因為體育社團在區域預賽中幾乎都進入前三名，所以只是叫到名字後站起來而已。足球社和棒球社等團體項目只有隊長站起來。網球社的團體賽、個人賽……接連站起來的都是二、三年級的學長姊，而且都是體育績優生推甄入學的一班學生。一年一班也有一個人被叫到名字站了起來。

山岸良太。田徑社，男子三千公尺第三名。

並沒有特別說明良太是一年級的學生，但接著公佈的同項目第二名和第一名時，從三年一班的隊伍中傳來了回答的聲音。雖然沒有公佈成績，但良太能夠在區域選拔賽中能夠和學長一起得獎，就代表跑出了好成績。是不是突破了九分鐘？

太好了。

我現在無法抱膝坐在地上太長時間，所以無關身高的高矮，坐在全班的最後面，只能看到良太的後背。我猜想他像往常一樣露出雲淡風輕的表情，其實心裡應該超高興……咦？我發現自己的心跳加速，為良太的活躍表現感到高興……並不是這樣。另一種感情試圖淹沒高興，一種像烏雲般的感情……

鎮定，鎮定。

我也在廣播社很努力，也覺得很有意義。我是廣播短劇的主角，以進入全國比賽為目標，而且一天比一天更期待，覺得也許有希望完成這個目標。

即使我沒有發生車禍，進了田徑社，也比不上良太，無法超越他的成績，但我覺得如果自己加入田徑社，應該不會產生這種烏雲。

放學後，我坐在桌角前打電腦，製作「節目進行表」。我從J賽的官方網站下載了固定的格式，填寫學院名和作品名。除此以外，還有「CUE表」和「版權處理一覽表」等一大堆要填寫的資料。我每寫一行，就忍不住嘆氣，正也走過來坐在我旁邊。

「你要不要聽聽最後一幕？」

「先不要。」

我在回答的同時嘆著氣。

「圭祐，你覺得成就感是什麼？」

正也的語氣很溫柔。我剛才的態度就像在叫別人注意我現在很沮喪，這樣一想，更覺得自己很沒出息，所以低下頭不敢看他。

「老實說，我不知道。」

「我也不知道。」

我覺得正也在說謊，因為他正一步一步向入學前的目標邁進。

「但是，已經回不去了。」

我聽到這句熟悉的話，忍不住抬起頭。

「現在已經比你當初對我說這句話時走得更遠了。」

我覺得他說的對。也許我差一點刺破承載了所有人心血的氣球。

「你說的對。」

我把這句話說出了口，看到正也對我露齒而笑，我重新面對電腦，然後把電腦滑到他面前。

「我已經寫了〈圈外〉的梗概，製作意圖還是由你來寫比較好。」

正也不發一語，看著電腦螢幕片刻，然後就開始打字。他的速度好快。

『現代生活可以讓文字隨著電波傳達給許多人，隨著操作越來越簡單，是不是也讓我們輕視了文字的威力？要不要在為時太晚之前，在消除電波的狀態下，重新認真考慮文字本身？我帶著這種想法，寫下了這部作品。』

如果〈圈外〉可以進入全國比賽，不知道正也還有我能夠獲得怎樣的成就感。不，是否能夠得到成就感？

第四章　播出帶

我在剪輯的過程中，聽了好幾次廣播短劇〈圈外〉所有的內容。

在聽的時候，我按照正也之前提出的要求，模擬了跑三千公尺的感覺，尤其是意識到呼吸方法的問題。前半部分在三分鐘左右就有倦怠的感覺，衝刺的時機太早，還沒到終點就累癱了。我想到什麼就說了出來，於是月村社長、正也和樹里前輩就針對剪輯提出了建議。

在對台詞後發現，如果所有劇中人物都充滿感情唸正也寫的劇本，就會超過九分鐘的時間限制大約三分鐘左右，再加上音效的聲音，又會再超過一、兩分鐘。雖然也曾經討論過是否要減少台詞，但最後發現台詞都經過充分推敲，已經無法再精簡了。

在月村社長的提議下，我們用了三種不同的速度錄音。第一種是不必意識時間問題，充滿感情地表演。第二種是雖然帶有感情，但努力說得快一點。第三種是快速朗讀。在剪輯時將不同的版本進行搭配組合。

男生A、B和優月在說茂流的壞話時使用快速版本，在台詞中增加這種缺乏感情的感覺，可以讓聽眾想像用手機交談時也是這種感覺。

我的內心獨白部分也採用快速版本。這是根據樹里學姊的提議，她認為劇本上有代表獨白的M，即使和台詞部分一樣，用充滿感情的方式朗讀，演員知道兩者不同，只不過聽眾可能難以分辨。

因為這個劇本的台詞很多，所以背景音樂不用有歌詞的樂曲，只有在換場景時使用小提琴拉出的音效。紗華學姊從三歲開始學小提琴，她說自己雖然無法作曲，但做音效應該沒問題，然後即興拉出了緊張的聲音、令人不安的聲音、有力踏實的聲音等不同的音效。

我們集思廣益，每個人都發揮不同的才能，完成了〈圈外〉。

然而，即使覺得已經完成了，隔天又會有人提出意見，於是就重新修正。連續好幾天都發生這種情況，看不到終點在哪裡。

縣賽的報名表已經在五月中旬的截止日期之前交了出去，青海學院在電視短劇、廣播短劇、紀實電視節目、紀實廣播節目這四個項目都有一部作品參賽，播報項目由二年級的女主播學姊報名參加。

「町田和久米明年也可以報名參加播報項目和朗讀項目的比賽。」

雖然三年級的學姊這麼對我們說，但我不認為能夠只靠自己的聲音和別人一決勝負。我問女主播學姊為什麼不報名參加朗讀組的比賽，她告訴我說，這兩個項目只能二擇一。

久米似乎對朗讀項目別有興趣，所以調查了今年的指定作品，結果發現從已經改編成電影的當紅娛樂小說，到好像課本上會出現的古典文學，有五篇各種不同類型的作品，而且她說她全都看過。我連一本都沒看過，就覺得自己根本輸在起跑點上。

五月二十日開始，舉行為期四天的期中考試。我為自己設定了進高中後第一次大考全科都要超過平均分數的低階目標，最後總算勉強達成，得以在全縣預賽之前專心投入製作短劇的最後衝刺。

各都道府縣的比賽相當於J賽的區域預賽，各都道府縣的規定稍有不同。有些要求事先將收錄了作品的DVD或CD寄去主辦單位，也有的規定在比賽當天帶往比賽會場，我們縣是後者。

「這些已經是所有項目參賽作品的最佳狀態了，對不對？」

縣賽前一天放學後，在播音室裡面的房間的試映會和試聽會結束，月村社長問圍坐在桌子周圍的社團成員。

我們三個一年級生看到三年級的學姊先後點頭後，也跟著點了頭，但也同時感到不安，不知道是否真的已經是最佳狀態了。

「對！」二年級的學長姊大聲回答。從他們回答的聲音中可以感受到他們已經盡了全力的成就感。

根據我以往的經驗，田徑比賽、驛站接力賽和考試都是到了當天決勝負，以最佳狀態迎接那一天，在賽場和考場上發揮所有的實力，但傳播比賽的當天不需要做任何事。

看著月村社長把DVD和CD小心翼翼地裝進附有氣泡墊的牛皮紙信封內，我覺得這個瞬間就是終點。

我們這個縣參加傳播比賽的學院數比其他縣多，所以縣賽分兩週舉行。第一週是預賽，第二週是決賽，分別在不同的會場舉行。

去年總共有八十三所學院報名參加，參加人數是九百一十二名，以簡單的方式計算，每個學院大約有十一人參加，每所學院的人數並不多。

並不是所有參加的學院都會參加每一個項目的比賽，戲劇、紀實類別的電視和廣播節目分別都有大約五十部作品參賽，相反地，朗讀和播報項目每所學院的參加人數都很多，總共有一百七十人左右。

在這些參賽作品中，紀實類別的電視和廣播節目各有四所學院，戲劇類別的電視和廣播節目各有兩所學院，播報項目和朗讀項目各有六名能夠進入全國比賽（稱為獲得各都道府縣推薦）。如果參加的學院數超過一百所，推薦的數量也會加倍。

我們縣的參加院數是全國第三名，但由於前兩名的參加院數超過一百，推薦數量加倍，所以都是五十所學院相互競爭。

我們縣可以說是全國最大的激戰區。

同一所學院可以製作多部作品參加戲劇類或紀實類的比賽，但規定一院只能一作品獲得推薦。比方說，某所學院在電視短劇類中有兩部作品分別獲得第一名和第二名，只有第一名的作品能夠進入全國比賽。

得知這些規定後，我覺得二年級的學長姊其實也可以拍電視短劇，但這麼一來，他們可能就不會協助我們製作廣播劇了，所以我就沒有多話。

評審由參加學院的顧問老師擔任，各個項目分別由七名老師擔任評審。

廣播社的顧問秋山老師在四月底參加會議之後，就沒再來過社團。之前將要交給主辦單位的資料放在秋山老師的辦公桌上，隔天還是第三天，就透過她班上的正也送了回來，上面蓋了院長的印章。

學長姊都不會提到秋山老師的名字，也不必擔心中暑和脫水等身體方面的問題，所以我認為這樣也沒問題。

「你們一年級明天有什麼打算？」

月村社長把信封放進書包後，好像突然想到似地問我們？有什麼打算？我聽不懂這句話的意思，我們這麼賣力投入製作工作，這句話好像在說我們一直都是在見習。

正也和久米也都一臉錯愕，社長看到我們的表情，發現自己的說明不夠充分。

「因為無論戲劇類還是紀實類，都不是公開評審。」

也就是說，即使去比賽會場，也看不到其他學院的作品。

「為什麼？」

正也問社長。

「因為是比賽當天交作品，所以評審老師事先也無法瞭解作品的狀況，也許作品有歧視的內容，或是未經授權，擅自使用動畫的角色。」

「也可能有很香豔的戀愛戲。」敦子學姊笑著插嘴。

「妳別亂說啦！」社長斥責她。

「必須是能夠公開的作品，這也是預賽中重要的評審標準之一，所以決賽時就可以觀賞了。」

原來是這樣。我只能點頭。只不過我早就排開了所有的事，而且比賽會場的三崎市民會館離我家也很近。

「但朗讀和播報項目別是公開評審，可以自由參觀。」

女主播學姊補充說。我們立刻討論了一下，三個人一致決定要去預賽會場。因為我們想感受一下傳播類比賽的氣氛。

六月的第一週，本縣預賽當天——

我們約在比賽會場的三崎市民會館集合，會館前擠滿了穿著五顏六色衣服的人。就像運動社團都有制服一樣，各個學院的廣播社也都製作了Polo衫作為制服，大部分都是紅、藍、黃、綠的原色，在後背、胸前和袖口部分印了學院名的第一個英文字母和ＢＣ（廣播社，Broadcast Club）的標誌。青海學院就是「ＳＢＣ」。我當然只穿了學院的制服，不知道學長姊有沒有製作這種Polo衫。

我東張西望，發現樹里學姊、紗華學姊和光流學姊站在玄關前的大樹下。她們也都穿著學院的制服，當我和她們會合時，正也和久米也到了，接著，又看到了二年級的橄欖球學長。

聽說其他學長姊都去報到了。

「我們社團沒有製作Polo衫嗎？」

正也自言自語地嘀咕。

「我聽說之前好像有，但有一年忘了製作，穿著學院的制服參加比賽，結果獲得了全國冠軍，之後就認為是好彩頭，就都穿學院的制服來參加。」

光流學姊回答。

「就是彩莉的哥哥擔任社長那一年，他們兄妹好像都有點丟三落四。」

樹里學姊補充說。

「我覺得社團有統一的制服比較好，町田，你說對不對？」

「對！」橄欖球學長突然叫我的名字，我不加思索地大聲回答。制服……

三崎中學田徑社的制服是深綠色的背心和短褲，和顧問的村岡老師以前大學田徑社的制服顏色差不多。

一年級那一年的五月連假結束後拿到田徑社制服時，為自己已經成為田徑社的一份子感到振奮。在田徑賽時，即使自己沒有上場比賽，目光也總是追隨著綠色制服，為綠色制服加油。在驛站接力賽等待接力帶，遠遠看到前一個區段選手的綠色制服時，心情不由得激動，感到渾身是勁。

媽媽和其他社團成員的家長也都大力聲援綠色制服的選手。

如果廣播社也有制服，會進一步增加自覺性和向心力嗎？在拍攝電視短劇時，也不必在素描簿上寫「我們是廣播社」之類的文字，別人只要看制服就知道了。

「我也想要廣播社的Polo衫，更何況我們院名中就有顏色。」

正也看著周圍說。

「就是啊，藍色是屬於我們的顏色。」

橄欖球學長也看著那群穿著藍色Polo衫的人。

「但你們不想要好彩頭嗎？」

光流學姊問。

「完全不想！」

正也和橄欖球學長同時回答。他們似乎很合得來。

「更何況那次之後就沒得過冠軍。」

二年級的學長果然很犀利。

「那個麥克風的圖案好可愛。」

久米看向一群穿著深粉紅色Polo衫的人說道，似乎想要化解尷尬的氣氛。除了顏色不同以外，各院的制服還印了麥克風和相機等不同的圖案，還有的印了「一作入魂」的文字。

我看著他們，想像著自己想穿哪一件，目光很自然地被綠色吸引。

我記得之前看社團活動介紹影片時，青海學院田徑社的制服好像也是綠色。其他運動社團的制服是藍色。

剛才去報到的學長姊也一起加入了討論，三年級的學姊說，她們也很想要。白井學姊難得沒有提出反對意見，感覺大家很想下個星期就準備去訂製。

只有女主播學姊吃著喉糖，默默看著稿子。

走進播報項目比賽的中型禮堂時，大家也就不再討論Polo衫的事。在舞台兩側準備上場比賽的人都穿著制服，雖然並不是說私立學院的制服就比較好看，我還是覺得青海學院的制服最帥氣，看起來充滿知性。我想應該和穿衣服的人也有關係。

比賽當天無法穿上台的制服根本沒什麼意義。

播報項目和朗讀項目不同，並沒有指定圖書，文稿也必須由競賽者自己撰寫。主題是「各院在院內廣播時所使用的內容」，規定時間在一分十秒到一分三十秒之間，和戲劇類別和紀實類別不同，必須事先把文稿交給主辦單位，在交稿之後，就不可以再更正。

原本覺得沒有閱讀習慣的我，可能比較適合參加播報項目，但又覺得沒有自信可以寫出像樣的文稿。

舞台中央放了一個落地式麥克風，參賽者站在麥克風前朗讀文稿。舞台後方放了五張給準備上台朗讀的參賽者坐的鐵管椅，所以不是等到自己朗讀時才上台，而是在還有五個人才輪到自己時就要走上舞台，坐在燈光下。

每個參賽者的聲音都很悅耳動聽，讓我知道一度認為以後也可以參加這個項目比賽的自己太不知天高地厚。參賽者無論在發音、語調、節奏和閱讀方式上都發揮了各自的本領，有人的朗讀聽起來像在發問，有人像在傾訴，也有人重視傳達正確的內容。

參賽者朗讀文章的主題也很廣泛，有提醒在將照片和影片上傳到社群網站前要三思這種很現代的內容，也有提醒塑膠傘很容易遺忘等日常生活中很平淡的內容。

參賽者在寫文稿時應該已經反覆朗讀，但不知道是否因為太緊張，有些人超過了時間，也有些人在進入後半段後，速度突然越來越快。

女主播學姊不慌不忙地朗讀文稿。她朗讀的內容是提倡每週一天無手機日。自己對手機有多依賴？藉由深入瞭解使用手機的優缺點，或許有助於我們更聰明地使用手機。

女主播學姊的朗讀完全沒有說教的感覺，而是好像在溫柔地發問，而且節奏的分配也恰到好處。

我看著女主播學姊站在舞台上，覺得現在是她充分展現自我的時刻，我很羨慕她能夠充分享受這種帶著緊張的舒暢感。

傍晚的時候，大廳張貼了比賽結果。各個項目進入決賽的作品名和學院名都印在A4尺寸的影印紙上，紀實類別的電視和廣播項目總共有二十所學院的作品，戲劇類別的電視短劇和廣播短劇項目共有十所學院，播報和朗讀項目總共有三十人。

我為了避開人潮，站在比較遠的地方，看不到紙上的內容。

二年級的學長姊一臉平靜地相互擊掌，好像進入決賽是理所當然。我看到正也用手機拍了比賽結果，就走去找三年級學姊和一年級的同學。

青海學院在紀實類別的電視和廣播項目，以及廣播短劇、播報這四個項目進入了決賽，也就是說，只有電視短劇〈交換〉沒有進入決賽。

因為無法看到其他學院的作品，而且也尚未公佈分數和名次（據說將在日後公佈），所以完全不知道到底是只差一點，還是分數懸殊。雖然覺得有點遺憾，又覺得並不意外，但三年級學姊很懊惱。

光流學姊和紗華學姊哭了，敦子學姊和樹里學姊很生氣。

「麻煩你們幫了這麼多忙，真的很對不起。」

月村社長一臉歉意對我們一年級生說。其實她根本不需要道歉。

「是不是秋山老師擔任評審，故意給我們低分。」

敦子學姊的意見根本就像在故意找碴，但除了社長以外的其他三個學姊都點著頭。

「應該和她沒有關係。」

聽了社長的回答，我才鬆了一口氣，聽了她接下來說的話，又忍不住覺得不太對勁。

「因為七位評審中，要扣除最高分和最低分，然後用其他五位評審評分的總分來排名次。」

這不是重點吧？難道社長也覺得秋山老師給了最低分嗎？雖然即使再怎麼美言，也無法說秋山老師和社團之間的關係良好，但顧問老師應該不會做這種事。

正也和久米都覺得坐立難安，我們悄悄互使了眼色，然後離開了三年級學姊。

「我覺得〈交換〉後來已經進步了很多，看來真的沒這麼簡單。」

正也雖然露出一臉沉思的表情，但語氣中難掩興奮。因為他的廣播短劇進入了決賽，他當然很高興。

「〈圈外〉進入了決賽，太好了。」

我對正也說，看到久米也在一旁點頭，暗自鬆了一口氣。

「通過區域預賽在我意料之中。」

正也雖然說著大話，但立刻露出了歡快的笑容。我們三個人模仿二年級的學長姊，也偷偷擊了掌。

但是……怎麼回事？雖然我並不是不高興，但並沒有想像中那麼高興。雖然我是主角，但有一種事不關己的感覺。

只是為正也感到高興。

「如果你們在為廣播短劇進入決賽慶祝，讓我們也一起加入。」

回頭一看，三年級的學姊站在身後，敦子學姊站在中間。她們可能剛才說了一大堆老師的壞話感到心情舒暢了，每個人臉上都露出爽朗的笑容。我們沒有理由拒絕，於是一年級和三年級的學姊再度擊掌慶祝。

「向全國比賽進軍！」

敦子學姊興奮地說道，其他四個學姊也跟著歡呼說「耶！」我必須好好向她們學習這種情緒轉換能力。

在下個星期決賽之前，並不需要做什麼特別的事。進入播報部門決賽的女主播學姊當然是例外。

我們和秋山老師會合後，她只是小聲說了一句「辛苦了」，然後又不知道去了哪裡。

「她至少也該說聲恭喜吧。」

學姊忍不住抱怨，我也覺得有道理。區域預賽就這樣很不盡興地落幕了。

星期一——早上的班會課，由班幹部傳達通知事項時，姓木崎的女生舉手後站了起來。她就是之前說久米壞話的那個同學，我不太喜歡她。

「我昨天已經在LAND上通知大家了，參加球技比賽的成員要在月底之前決定，大家想參加哪一個項目，請趕快向我報名，每個人都要參加，我們要努力得冠軍！」

木崎舉起一隻拳頭，很有精神地轉了一下才坐下。

就這樣而已嗎？我連有哪些比賽項目都不知道。但是沒有人發問，難道只有我沒有加入LAND嗎？

班導師也沒有任何補充說明，難道老師理所當然地覺得全班都知道了嗎？

我上體育課時都在旁邊看，即使現在舉手問有哪些比賽項目，應該也沒有可以參加的項目，那天應該不用來學院，但我連哪一天舉行球技比賽都不知道。

對了，久米！她非但沒有加入LAND，甚至連手機也沒有。我悄悄看向她，她和平時在教室時一樣，深深低著頭，頭髮遮住了臉，我看不到她臉上的表情。

她應該很傷腦筋，但既然她沒有向我求助，我也沒有必要多管閒事發問。

比起這件事，我更該為第一節課的英文小考擔心。

放學後，廣播社也沒有什麼活動，優秀的學姊有時候教我數學和英文，有時候打掃播音室，日子過得很輕鬆。

如果在田徑社，難以想像決賽之前可以過得這麼輕鬆，但我並不是第一次體會這種感覺。在參加完青海學院的入學考試之後，在放榜之前，我除了寫學院的功課以外，從來沒有拿過筆。現在就和那時候一樣，但我不願回想之後的事。

六月的第二週——在縣廳所在地中央的縣民文化中心舉行決賽，不時有國際級交響樂團在那裡舉辦音樂會，也有知名歌手舉辦現場演唱會，我們的作品也要在那裡公諸於世。

從學院附近的車站搭車去縣民文化中心要將近一個小時，這次我們沒有去那裡集合，而是在學院集合後，大家再一起前往，很有遠征的興奮感。

去縣民文化中心就這麼興奮，不知道去ＪＢＫ禮堂是怎樣的心情。雖然之前一直裝模作樣地覺得〈圈外〉是正也的作品，現在才發現自己內心也充滿了期待。

這就是遠征效果。比賽會場越遠，搭公車和電車的時間越久，鬥志就越來越高昂。

即使抵達會場之後，並沒有做什麼也一樣。

來到文化中心時，第一眼就注意到那些穿Polo衫的人。也許是因為加了「進入決賽的學院」的濾鏡，每個團體看起來都比預賽時更加抬頭挺胸，更加精神飽滿。

即使站在比賽舞台上只能穿學院的制服，也許Polo衫也很有魅力。

「沒有藍色。」

橄欖球學長看著那些穿Polo衫的人說道。預賽時，有兩、三所學院的人都穿藍色，但現在完全沒看到。

「那明年就由青海負責穿藍色。」

正也似乎還是很想要Polo衫。

寬敞的玄關大廳中央，放了一個像是堆了很多洋蔥皮，閃著金光的裝置藝術，作品名稱是「燦爛的剪影」，那是外行人看不懂的境界。

秋山老師和我們會合，發給我們每人一張節目單。

大禮堂上午是朗讀項目的決賽，下午是播報項目。

中禮堂上午是電視短劇項目，下午是紀實電視項目。

小禮堂上午是紀實廣播項目，下午是廣播短劇項目。

節目單上寫著，所有比賽都可以自由觀賞。

各禮堂上午的比賽中，青海學院只有紀實廣播項目進入決賽，我以為大家都會去觀賞

……

「不好意思，我想去觀賞電視短劇項目。我要親眼看到比〈交換〉更受到肯定的作品，才能夠接受。」

敦子學姊難得露出若有所思的表情向白井學姊鞠了一躬說道。

「對不起，應該由我來拜託。」

月村社長也在敦子學姊身旁鞠躬說道，其他三年級學姊也紛紛跟著拜託。

「妳們別這樣好嗎？平時根本不聽我們的意見，可不可以不要這種時候才徵求我的意見好嗎？我們根本沒有霸凌妳們，妳們就擺出一副好像被害人的態度，所以別人以為我們在霸凌妳們，妳們想怎麼做，就去做啊。」

白井學姊用嚴厲的口吻說道。我忍不住捏了一把冷汗，覺得沒必要這麼凶，但三年級的學姊沒有看白井學姊一眼，輕輕做出了勝利的姿勢說：「太好了！」也許這就是三年級和二年級的相處模式，根本不需要我們一年級的人操心。

「你們一年級要不要也派一個人去觀賞？」白井學姊轉頭看著我們說，「不是可以作

為明年參賽時的參考嗎？」

原來是這樣。我覺得很有道理。

誰要去？正也沒有自告奮勇，應該是他對廣播比電視短劇更有興趣。

「那我去好了。」

「好，拜託了，久米，那妳呢？」

「我可以去觀賞朗讀項目嗎？」

久米明確表達了自己的主張，於是我們三個一年級學生分別去不同的比賽會場。我只要跟著三年級學姊就好，所以很輕鬆。

「對了，町田，」白井學姊叫住了我，「這個給你。」

白井學姊從皮包裡拿出夾了白紙的L形夾，拿出一張交給我。

A４的影印紙上畫了一個長方形的表格。最左側那一欄都是空白，最上方橫向的項目中分別寫著「①企畫・內容」、「②架構・編排」、「③採訪方法・努力」、「④演技」、「⑤技術」，最後一個項目寫著「總分」。

這是評分表。

「光是傻傻地看也是浪費時間。每個項目二十分，總分一百分，你可以假裝自己是評審為節目評分。」

「評審也是根據這個標準評分嗎？」

「對啊，只是不知道格式是不是一樣，徵件簡章上不是寫了評審標準嗎？」

白井學姊的語氣很無奈。我能夠瞭解她的無奈。我這個人一定只有在打開下決心做某件事的開關時，才會採取行動，但意識並沒有動起來。

在看電視劇或是看書（雖然很少看）時，即使看到不懂的文字或是不知道讀音的漢字，就會覺得大致是這個意思，或是應該這樣讀，並不會太在意，然後就直接跳過去。

我猜想白井學姊的開關整天都開著，所以會吸收所有所見所聞，讓所吸收的一切對自己有幫助。

我想起以前在田徑隊時，也不太在意其他選手。即使村岡老師說「在某某項目中，誰的姿勢如何如何」，我也經常滿腦子問號，不知道那個人到底是怎樣的姿勢。

傳播比賽當天不需要做任何事。我一直這麼認為，在內心深處仍然對文化性的社團有點不屑，而且今天甚至沒有帶筆盒，簡直像傻瓜。即使打死我，我也不敢向白井學姊借筆。

「這張評分表還有多的嗎？我們也想要。」

月村社長問白井學姊。

「有啊。」

白井學姊冷冷地回答，然後遞給社長五張和剛才給我一樣的紙，接著又給了久米一張。

「這是為播報項目製作的，但我想朗讀項目應該也可以用。」

久米深深鞠著躬，接過了紙。白井學姊一定會在紀實廣播項目的會場也給正也一張。白井學姊雖然很難親近，但我覺得她太厲害了，我以前從來沒有遇過這種類型的人。

觀賞準備已經就緒，青海學院廣播社的成員分別前往不同的會場。

電視短劇項目的中禮堂內，有八成都是穿著五彩繽紛Polo衫的人。因為並沒有我們學院的作品上映，所以我們坐在禮堂的最後一排。六個人坐成一排，我坐在最旁邊的位置，月村社長坐在我旁邊，我向她借了自動鉛筆。

「你真的只帶便當來欸。」

敦子學姊揶揄道，我只能抓頭。

舞台上有一道白色銀幕，舞台右側有一張設置了麥克風的講桌，旁邊放了一張鐵管椅。

整個會場響起了好像電影開始之前的鈴聲，觀眾席上的燈光暗了下來，一個身穿紅色Polo衫的男生從舞台側面走上台，站在講桌前。原來參加作品項目時可以穿Polo衫。

嗶、嗶、嗶、嗶、嗶。會場內響起了好像報時般的聲音，決賽似乎已經開始了。

「第一部作品，縣立瀨戶東高中，作品題目是『啟程的日子』。」

身穿紅色Polo衫的男生說完後鞠了一躬，在旁邊的鐵管椅上坐了下來，舞台上的燈光也暗了下來。在作品上映期間，他要一直坐在那裡嗎？我有點驚訝。雖然現在一片漆黑，但在影片上映之後，應該可以看到觀眾的臉吧。

銀幕上出現了影像。

電視短劇〈啟程的日子〉從題目就可以想像，是高中畢業典禮前一天的故事。

主角的男生嘀咕著「明天就是畢業典禮」，然後上床睡覺。但是，當他早晨醒來時，發現手機上仍然顯示前一天的日子。第二天、第三天也一樣，每天都是畢業典禮的前一天。

主角覺得很奇怪，思考是否還有未完成的事。於是他開始翻書桌的抽屜，在抽屜深處找到一張紙。那是在高中入學典禮前一天寫的內容。

「高中三年期間必做的十件事」。

成為籃球隊正式球員，在英文考試中考一百分，交女朋友……雖然有實現的項目，但還有三件事沒有完成。看杜斯妥也夫斯基的《罪與罰》、用吉他作詞作曲、在最重要的人面前表演。

這部作品帶有喜劇色彩，描繪出主角在一天又一天重複的「畢業典禮前一天」完成這些事的身影，最後，他順利地在女朋友面前表演，沒想到隔天還是一樣。主角又充滿感情地在女朋友面前唱歌，但女朋友對他說：

「這首歌不是以啟程為主題嗎？你是不是搞錯了聽歌的對象？」

主角在畢業之後，要離開家鄉去讀大學。主角思考了對目前的自己來說，誰是最重要的人之後，在家人面前賣力歌唱。

隔天，他終於迎接了畢業典禮的那一天。

放映結束後，舞台亮了起來，身穿Polo衫的男生從鐵管椅上站了起來，鞠躬說了聲「謝謝」，然後走下舞台。

不一會兒，會場的燈光就亮了起來。下一部作品上映將在兩分鐘上映。雖然很想問三年級學姊的感想，但我想先自己打完分數。

在評分表縱向項目欄的最上方寫了作品的名稱，然後根據橫向的每一個項目打分數。

①企畫・內容＝十七分，②架構・編排＝十七分，③採訪方法・努力＝十五分，④演技＝十八分，⑤技術＝十八分，總分八十五分。

我沒有多想，就這樣打完了分數，但第一部作品會成為基準點，所以打完分數之後，總覺得沒什麼把握。

接下來的作品描寫了高中生藉由社團活動建立了友情。有一位同學因為發生車禍而無法來參加籃球比賽，大家立志為了那個同學，一定要贏得冠軍……這個故事讓我有一種似曾相識的感覺，也讓我有很深的感觸。

「你們要連同我的份好好加油。」

只有能夠重回球場的人才會說這種話，自己無法上場比賽時，根本無法再笑著聲援隊友。我內心感到鬱悶。

我在評分時也變得很嚴格。

之後有好幾部戀愛作品。一個不起眼的女生聽取了同學的建議之後大變身，還有像輝夜姬一樣全年級最漂亮的女生，要求向她告白的五個男生用手寫的情書比賽誰是第一名。雖然這些作品有不少好笑的元素，但總覺得不夠出色。

接下來是一齣社團活動的作品，描寫社團成員一起說服鬧脾氣（我看起來是這樣），揚言「如果無法成為正式球員，就要退出社團」的同學。

徵件簡章中要求作品主題「適合高中生的內容」，演員也必須是本院的學生，所以作品可能受到了侷限，但都是高中學生在吵吵鬧鬧，其實〈交換〉也差不多。

接下來的作品名稱為「把信送到妳手上」。我以為又是戀愛故事，差一點嘆氣，但其實並不是。一群擔任圖書委員的學生在整理舊書時，看到一本書中夾了一封信。雖然信封上只有名字，但因為「小鳥遊彌生」是很少見的名字，他們覺得應該很容易找到，於是就去查了畢業生名冊。

但是，在畢業生名冊中並沒有找到這個人，因為那本書上並沒有貼借閱條碼標籤，所以他們知道是館外圖案，而且還查到那本書是三十年前出版，目前已經絕版了。那些學生在調查之後，發現三十年前，一場颱風曾經造成學院周圍發生大規模土石流，學院曾經作為避難場所三個月左右。那些學生去拜訪了瞭解當時情況的人，最後終於找到了「小鳥遊彌生」的家，把信放進了信箱。

我給這部作品打了九十五分。

接下來的作品是描寫一個女生做便當給心儀的女生，然後向她告白的故事，我覺得以性別為主題的作品很有勇氣。

之後又是男女戀愛故事、友情故事，最後一部作品將廣播社拍攝電視短劇這件事作為主題。看到劇中人物在播音室內為了題材的問題爭論那一幕，就覺得原來每個廣播社都會為相同的問題發生爭執，沒想到短劇一下子變成了又唱又跳的音樂劇。不知道他們練習了多久，想到如果自己也要演這樣的作品，就覺得快昏了。

觀賞結束後，我跟著三年級學姊走出了縣民文化中心，去旁邊的公園。公園內有排放了木製桌椅，可以在那裡吃便當的區域。其他人在結束之後也會在那裡集合，但我們最先到那裡。

我們先吃吧。三年級學姊說，於是我打開了便當。

「町田的便當真有趣。」敦子學姊說。

「對啊。」其他學姊也跟著這麼說。我的便當裡並沒有放什麼特別的菜，而且並不是便當盒，只有五個不同味道的飯糰，和兩個長方形的煎蛋對半切開後，用保鮮膜包起來而已。煎蛋裡放了香腸、起司和菠菜。

「平時都是帶普通的便當，但社團活動外出時，我媽每次都會為我準備這種便當。」

我咬了一口飯糰。是酸梅口味。田徑比賽經常沒有午休時間，所以必須配合自己參加項目的時間，在比賽開始一個小時之前吃完，如果參加兩個項目以上，必須自行調整，找空檔的時間吃便當。我告訴我媽之後，她就為我準備了這種便當，可以自由調整吃便當的時間和份量。我應該告訴她，參加廣播社的活動時，和平時一樣的便當就好。

「聽起來很有效率，參加入學考試時也可以做這種便當，而且可以大口咬煎蛋感覺特別好吃。」

聽了敦子學姊的話，我用指尖抓了抓鼻頭。正也的習慣動作似乎也影響了我。

「對了，你們覺得哪一部作品最出色？」

月村社長拿著筷子問。我覺得大家都看著我，於是急忙把煎蛋吞了下去。

「我覺得〈把信送到妳手上〉很不錯。」

「喔，你是說那一部。」

敦子學姊意興闌珊地回答。我原本以為大家會爭先恐後說「我也覺得」、「我也是」，得到滿場一致同意，所以無法繼續說出把〈信送到妳手上〉的優點。

「雖然故事很感人，但感覺在九分鐘內塞得太滿了，反而那兩個女生的愛情故事讓我有一種被打中的感覺。」

光流學姊說。她手上很有時尚感的三明治便當很像作品中的便當。

「我也覺得那部很棒，尤其是表現手法很巧妙，一直讓觀眾以為是要向男生告白，直到最後才驚訝地發現是女生。」

樹里學姊接著說。

「沒錯沒錯，看到一半時，很納悶既然是在對方參加籃球比賽時送便當，為什麼要這麼在意便當盒和皮包這種外表的問題，而且又覺得蝦子和酪梨三明治是女生才愛吃的食物。直到最後才終於恍然大悟，原來是這麼一回事。」

紗華學姊也激動地說。

「我能夠理解妳們說的話，但除了對方是女生這一點以外，就是很普通的愛情故事，還有跟蹤那一幕也太明顯了。比起這一部，我反而被最後的音樂劇打中了，原來還可以拍這種的。」

敦子學姊說。

「徵件簡章上並沒有禁止，只不過我覺得他們練習時間應該超驚人，只不過內容有點乏善可陳。我最看好第一部〈啟程的日子〉，也讓我覺得在畢業典禮前一天要好好感謝家人。」

月村社長說。兩個女生的戀愛故事得到了三票，但評價各不相同，我猜想無論出現怎樣的結果，都無法讓所有人滿意。

「但有不少作品還不如〈交換〉。」

敦子學姊說完，其他學姊都點著頭，批評其他學院的作品內容平凡，情節不合理。果然不出我的意料。

我看了所有作品後，覺得〈交換〉應該並不是高分落選。除了內容缺乏新意，雖然演技在之後大有進步，但和其他學院相比，還是有相當的差距。

但是，我不可能在這裡說這些話。這時，久米出現了。她簡直就是救世主。

「朗讀項目的情況怎麼樣？」

我不等久米拿出便當，就迫不及待地問。久米的臉上立刻露出了微笑。

「無論男生還是女生的聲音都超好聽，簡直就像在做夢。我以前看書時，都從來不會讀出聲音，但現在發現讀出來可以更深入瞭解故事的世界，我打算以後在家也要這麼練習。」

久米說話時，沒有拿便當，而是先拿出評分表給我們看。除了分數以外，空白的地方寫滿了筆記，像是用不同的方式朗讀台詞和敘述文字、換氣的時機、擷取故事的方法等等。

「擷取故事是什麼？」

「就是在朗讀規定時間的一分三十秒到兩分鐘以內，從指定作品中選取自己想要表現的部分。」

「原來是這樣，我還以為像國文考試那樣，由主辦單位方面選出要朗讀的部分。」

「沒想到即使是同一部作品，大家選取的部分也都不一樣，真是太驚訝了，原來自己深受感動的部分未必和別人一樣。」

原來是這樣。早知道我也想去觀賞朗讀項目，但隨即又覺得，那些作品我都沒有看過，所以根本不知道是從哪一部作品中選取了哪一個部分。

如果我要參加，還是比較適合參加播報項目。

吃完便當後，月村社長從皮包裡拿出一個可愛的盒子，然後打開了盒蓋，放在我和久米面前。

那是手工餅乾。雖然只是在星形和心形的原味餅乾上放了杏仁和巧克力豆的簡單餅乾，但我忍不住心跳加速。

「這是我們社團的傳統。」

廣播社三年級的學長姊都會在縣賽決賽的前一天烤餅乾。雖然隔天就是決賽，但已經無事可做，只不過什麼都不做又會感到不安，於是十多年前的學長姊就想到可以做餅乾。

「烤得很均勻，看起來很漂亮。妳們去哪裡做的？」

久米問。

「烹飪室。你們有沒有去參觀過？那裡前年剛改裝過，設備很齊全，完全不輸給烘焙學院。」

「烹飪台和架子的面板也都用藍色統一，感覺超時尚，就像貴婦的料理教室一樣，雖然我從來沒去過。」

敦子學姊拿起餅乾搞笑地說。

「如果是竹宮老師，現在就會送罐裝咖啡或紅茶過來，和我們一起吃餅乾。」

光流學姊抱怨。她們似乎又準備大說特說秋山老師的壞話。就在這時，正也和二年級的學長姊回來了。

「你們竟然已經開始吃了！我們是因為大家要一起吃餅乾，所以才來這裡和你們會合。」

白井學姊用很受不了的語氣說。三年級的學姊也沒時間說老師的壞話，小聲地對白井學姊說「對不起」。

「先來吃便當。」

橄欖球學長在桌子角落重重坐了下來，正也坐在我旁邊。他在來這裡的路上似乎已經聽說了餅乾的事，看著餅乾問：「就是這個嗎？」

「給你吃。」我遞給他一塊餅乾，然後問他：「學長姊他們的紀實廣播節目怎麼樣？」

「哪有人一開口就問這個問題？通常不是會問紀實廣播項目的情況如何嗎？」

正也向我抗議，而且差一點被餅乾嗆到。我立刻察覺學長姊的作品應該不如其他學院的作品，心裡感到很抱歉。

「從青海的感想開始說也沒問題，宮本，你可以實話實說，不必客氣。」

聽到坐在正也對面的白井學姊這麼說，我也不禁坐直了身體。

「我認為和其他學院的作品相比，學長姊的〈鐵捲門重新拉起的日子〉沒有充分發揮出廣播的特色，而且比起用言語說明，用影像的方式更能夠傳達出冷清的商店街和老夫婦的感覺，所以也許這個題材更適合紀實電視節目……」

正也越說越小聲，因為白井學姊的表情越來越嚴肅，幾乎已經面露猙獰。

「我不這麼認為，正因為意識到是紀實廣播節目，所以在最後特別強調了生鏽的鐵捲門拉起的聲音。我很有自信地認為，那個聲音應該充分表達出是一家老店，而且從地面抬起時，老爺爺說『嘿喲』的聲音，也可以讓聽眾猜到老闆的年紀。」

既然要生氣，就不要問別人的意見。我低下了頭，覺得好像是自己挨了罵。不幸坐在白井學姊旁邊的久米也像在教室時一樣低著頭。

「白井，妳不要把一年級嚇壞了。宮本，你覺得哪一部作品最出色？」

高材生學長心平氣和地加入了討論。

「我覺得〈隔空觀看棒球賽〉很有趣。在球場外只靠聲音『觀看』高中棒球全縣預賽的決賽，然後想像比賽的狀況。擊球的聲音後聽到歡呼聲，就知道打擊者跑到了一壘。然後再憑之後的歡呼聲，猜測到底是出局，還是安全上壘，是二壘安打還是全壘打。我覺得只有廣播節目能夠表現這部作品。」

「我也覺得〈隔空觀看棒球賽〉是第一名。」

橄欖球學長支持正也的意見。

「在反省會時提到因為算錯了一分，所以聽到第五局下半局尖叫般的歡呼聲並不是盜壘成功，而是失敗的地方超有趣。」

「沒錯沒錯，這是重點，有沒有開反省會，印象大不相同。」

正也開心地說。他們兩個人果然很合得來。

「我倒覺得主題性有點不足。」

高材生學長偷瞄著白井學姊說。

「我也這麼覺得。我們要等到所有結果出爐之後再來開反省會。」

白井學姊不悅地拿出了便當。當她打開便當時，我忍不住佩服，學生會長竟然連便當都很完美。她的便當使用了五彩繽紛的蔬菜，就像是精心整理的花圃，簡直可以當成料理書的封面。

「白井學姊，這個便當是妳做的嗎？」

「我媽啦。」

她冷冷地回答。

「白井的媽媽是料理研究家，但白井的廚藝很差，去年做餅乾時，我們一年級生也一起去幫忙，只有她揉的麵糰超硬，大家都說是注重飽肚子的忍者餅乾。」

橄欖球學長開玩笑說。原來完美的人也有這種缺點。我聽了不禁莞爾……

「你話太多了，這是個人隱私，你缺乏身為廣播社成員的自覺。」

數落橄欖球學長的不是白井學姊本人，而是高材生學長。

「對喔，白井，對不起。」

橄欖球學長立刻合起雙手道歉，白井學姊一臉不以為然的表情默默吃便當。她沒有罵人，似乎代表她並沒有生氣。

坐在白井學姊旁的女主播學姊沒有拿出便當，喝著紙盒包裝的蔬菜汁，低頭看著文稿。

「關於下午觀賞的事。」

月村社長說。我已經吃完便當，打開節目表放在桌子中央給正也和二年級的學長姊看。

大禮堂的播報項目中，女主播學姊是第一個上場的第一棒。

中禮堂的紀實電視項目中，青海學院是第三個。

小禮堂的廣播短劇項目中，我們竟然是最後第十個壓軸。

「上場的順序是按照預賽時的分數排的嗎？」

我問月村社長。

「搞不太清楚，每年上場的順序似乎和決賽的結果無關，所以可能是按照交報名單的先後順序，或是預賽當天報到的順序。」

「應該是預賽當天的順序。我那天很早就到了，很快就報到完，妳不是在截止時間之前才趕到嗎？」

白井學姊說著，拿了一塊三年級學姊烤的餅乾放進嘴裡。

「早知道我應該晚一點去報到。」

女主播學姊小聲嘀咕。

「第一棒的話，在舞台上等待的時間比較短，不是比較好嗎？」

我表達了上午觀賞朗讀項目時發現的事。

「決賽時還要朗讀規定的文稿。」

女主播學姊說完，輕輕嘆了一口氣，向我們說明了播報項目決賽的情況。

決賽時，在播報完和預賽時相同的自撰文稿後，還必須朗讀主辦單位規定的文稿。參賽者在正式比賽三十分鐘前報到時，才會拿到文稿。由於文稿上省略了逗號，所以在朗讀時必須自己調整。

如果是這樣，晚一點上台朗讀的人可以在聽別人朗讀之後，思考自己該怎麼讀，相對比較有利。

「翠理，無論什麼文稿都難不倒妳。」

白井學姊很有信心地說。我這才想起女主播學姊名叫翠理。

「沒錯沒錯。」高材生學長也接著說。

「未來的女主播，加油囉。」

橄欖球學長很有活力地說。原來她真的以女主播為目標。我比之前更想聲援她了。

「我們要參加紀實電視項目，所以無法聲援妳。町田和久米，你們可以看完播報項目之後，再去廣播短劇的會場。」

我和久米接受了白井學姊的提議。

「正也，那你呢？」

「我想在廣播短劇的會場從頭看到尾。」

他的回答和我想的完全一樣。

翠理學姊搶先一步回到縣民文化中心，我和久米配合觀眾席開放的時間，也很快趕了回去。

大禮堂有三個出入口。中央那道門旁放了一塊白板，上面貼了一張A4影印紙，正中央印了橫寫的文章。

『現在是○○高中的☆☆時間。縣民文化中心將在下個月五日舉辦卡拉瓦吉歐展。米開朗基羅．梅里西．達卡拉瓦喬是西洋美術史上最偉大的巨匠之一也是代表義大利的大畫家。代表作有聖馬太蒙召喚埋葬基督。希望各位也前往欣賞。（注：○○為學院名，☆☆為節目名稱，也可虛構）』

這是播報項目決賽的規定文稿。發給參賽者之後，也公佈在會場入口。「召喚」這兩個漢字要怎麼唸？

「我看到文化中心佈告欄很明顯的位置貼了卡拉瓦喬展的海報，所以可能只是以通知生活周遭的事的方式寫了這篇文稿，但內容太刁鑽了。」

久米看著文稿說。刁鑽？她是指漢字很難嗎？

我和久米離開了佈告欄前，走向大禮堂後方的門。雖然沒有走幾級階梯，但走階梯時腳還是會痛。

「卡拉瓦喬和卡拉瓦吉歐，雖然兩種譯名都正確，但如果沒有發現文稿上用了兩個不一樣的譯名，很可能就會都讀成前面出現的那一個名字。簡章中規定，不可改變文章的內容，所以可能會被扣分。」

我聽了久米的話，很想轉身跑去告訴翠理學姊。但參賽者已經在舞台旁待命，我們這些觀賞者無法靠近舞台。

我在看文稿時，並沒有發現久米指出的問題。這就是默讀可怕的地方。

如果我參加比賽，沒有出聲讀過就直接走上舞台，在讀到卡拉瓦吉歐的地方就會卡住。即使覺得既然上面這麼寫，我就照著唸，但還是卡了一下。

但是，職業的主播無法事先閱讀每一篇稿子，有時候會有新聞快報。是否能夠妥善處理緊急送上來的稿子，應該也會成為評分的對象。

播報項目決賽時，每五名參賽者結束後，就有三分鐘的休息時間，換不同的參賽者走上舞台，所以我和久米並排坐在後方門旁的座位，方便隨時離開。雖然只能聽五名參賽者的播報，但白井學姊還是給了我們評分表。

隨著開始的鈴聲，舞台上的燈光亮起，同時看到了五名參賽者。五名參賽者都先坐在等待的鐵管椅上，在廣播要求會場內所有人關掉手機，禁止討論等各注意事項後，叫了第一位參賽者翠理學姊的名字。

學姊挺起胸膛站了起來，走到放在中央的麥克風前。她的手上拿著稿子，分別是自己寫的文稿和主辦單位規定的文稿。

我帶著祈禱的心情聽著翠理學姊播報的內容……

播報項目的最初五名參賽者播報結束，我和久米一起走出大禮堂。我們兩個人都沒有說話。因為翠理學姊犯了久米擔心的錯誤。

雖然我們來到了廣播短劇項目正在舉行決賽的小禮堂，但並沒有剛好遇到換人的休息時間，所以我們只能坐在通道角落的長椅上等待禮堂的門打開。

於是，我們就忍不住討論起播報項目的比賽。

「翠理學姊把卡拉瓦吉歐的地方也唸成了卡拉瓦喬。」

久米很沮喪，好像是她唸錯了。

「但是，她後面那個人唸名字時，停頓的地方不是很奇怪嗎？變成了梅里．西達．卡拉瓦喬，而且……」

「什麼？」

「比起決賽規定的文稿，我覺得個人稿更有問題。」

「什麼意思？學姊的個人稿不是很完美嗎？」

既然久米沒有覺得不對勁，也許我就沒什麼好在意的。

「五名參賽者中，有四個人都在討論社群網站的問題。有關於LAND的問題，也有討論照片的問題，或是像學姊那樣提倡一天不用手機，雖然詳細的內容不太一樣，但聽到第三名參賽者的內容時，就覺得怎麼又是社群網站問題。相較之下，第五名參賽者要求大家更珍惜塑膠傘的內容很有新鮮感，我想起自己也有一把留在學院，聽的時候忍不住點頭。」

我相信應該也有評審和我一樣。

「的確有道理，預賽的時候，並沒有這麼多討論社群網站的內容，所以可能這種內容比較容易得高分，但參賽者都偏向相同的題材，在決賽時反而不利。」

我聽了久米的分析後點頭，也許題材的選擇是一個深奧的問題。

小禮堂的門打開了，我和久米去和坐在正中央那一排的青海學院團隊會合。我讓久米坐在正也旁邊，我坐在她的旁邊。

小禮堂不僅和大禮堂、中禮堂的空間大小不同，舞台也不一樣，觀眾席也沒有傾斜，座位也不是原本就設置好的柔軟沙發椅，而是臨時排放的鐵管椅。

目前剛演完第二部作品。

「翠理學姊的情況怎麼樣？」

正也問。

「她自撰的文稿表現很完美，但決賽規定的文稿有點難。」

我說出了自己的感想。雖然我很好奇廣播短劇的情況，但已經演完的那兩所學院的人應該也坐在附近，所以我無法向正也打聽。

「要不要看我的評分表？」

正也果然有讀心術，他把放在腿上的紙連同墊板一起交給久米，我也探頭一起看。

正也為兩部作品都打了將近八十分。我也會好好聽接下來的廣播短劇。我從背包裡拿出已經皺巴巴的廣播短劇用評分表，向久米借了自動鉛筆。

設置在禮堂內四個地方的巨大擴音器發出了開始的鈴聲。

舞台中央放了一個落地式麥克風，右側放了一張鐵管椅。一個身穿黑色Polo衫的女生從舞台旁走出來，站在麥克風前。

嗶、嗶、嗶、嗶、嗶的五次聲音也很響亮。

「第三參賽隊，河北高中，題目是〈我們是太空社〉。」

身穿黑色Polo衫的女生坐在鐵管椅上，整個禮堂都暗了下來。我覺得眼前的景象很奇妙。這麼多人聚集在一起，既沒有看銀幕，也沒有看著舞台，而是聽聲音而已。因為是競賽，所以大家坐在一起聽，但原本廣播劇或許是每個人獨自享受的娛樂。

五、四、三、二、一、零的倒數計時後，傳來轟轟轟的聲音，我覺得自己被太空船帶到了另一個空間。

從「我們是太空社」這個題目就可以瞭解，這是一個高中太空社的學生在夏令營時前往太空的故事。廣播劇的優點在於只要聽到「高度幾萬公尺」、「突破大氣層」、「哇，可以看到地球」，就好像真的去了外太空。

這部作品充分發揮了廣播的特性，看來是強勁的對手。太空社平時的社團活動都做什麼？是不是要接受什麼特別的訓練？雖然我內心充滿期待，但主要的故事是留在談話室內的一個珍貴大福不見了，到底被誰吃掉了？

劇中有適度的裝傻和吐嘈，對話也很有趣，但我忍不住在內心嘀咕，這根本不需要到外太空，故事的背景設定在播音室也完全可以成立。

『你們看看地球，完全看不到成為戰爭原因的邊境，只是一顆漂亮的圓球。我們為這種微不足道的事吵架，會被地球笑啦。』

一個大福竟然可以扯到這番話也未免太扯了。這部作品直到最後都讓人感到遺憾。八十分。

接下來的作品是〈任務〉。故事發生在深夜的學院。自然研究社的男生在學院的屋頂上，準備觀測一百年只能看到一次的彗星，這時，他的手機響了。

手機沒有顯示來電號碼，他接起電話，對方自稱是「廣樹」。那是比他大一屆的學長，物理很強。主角問學長有什麼事。

『學院的屋頂被人設置了炸彈。目前已經報了警，我也會馬上趕過去，但可能來不及，現在只能拜託你了。我會教你怎麼做，你趕快解除炸彈的定時裝置。』

主角在屋頂上找了一下，很快發現了一個金屬箱。打開一看，發現金屬箱內五種顏色的電線複雜地纏在一起。他依據學長在電話中的指示，每剪斷一根電線，腦海中就回想起人生中重要的場景。

當主角剪完最後一根電線時，告訴電話中的學長，已經解除了定時裝置，但是，就在這時，電話中傳來爆炸聲。

『宥馬，你不是成功解除了嗎？喂，宥馬，你沒事吧！宥馬！』

對方在電話中大叫之後，電話就斷了。主角完全不知道發生了什麼狀況。這時，有人來到屋頂。

『對不起，我來晚了。有沒有看到彗星？對了，剛才聽說不知道哪裡的高中發生了爆炸事件。』

『不是我們高中嗎？』

『當然啊……嗯？啊！喂、喂、喂，你為什麼把我辛辛苦苦做好的和外星人的通話機拆掉了，喂，和彥！』

故事在主角的獨白中結束。

『對，我的名字叫和彥，不叫宥馬。』

……這就是廣播劇。

我抱著雙臂，用力抓住兩隻手臂。我渾身起了雞皮疙瘩。

會場的燈亮了。我看向正也的方向，發現正也看著正前方愣在那裡。他目瞪口呆，眼神渙散。

「正也。」

我有點擔心，叫了他一聲，他好像突然回過神般抖了一下肩膀，轉頭看向我。

「喔，喔喔，怎麼了？」

你沒事吧？我覺得不能這麼問他。

「如果不趕快評分，下一部作品就要開始了。」

我說了這句無關痛癢的話。我也還沒有為〈任務〉評分。

「啊！」正也把評分表揉成一團，塞進了長褲口袋。我忍不住大叫起來。

「一旦寫在紙上，只有寫下的東西會留在腦子裡。」

正也的臉上露出了以前不曾見過的嚴肅表情。

我只是根據有趣或是無聊來判斷作品，但正也吸收了更多細節。受到競爭對手的刺激。這句話應該完全符合正也目前的狀況。

接下來的作品名稱是「真鍋會議」。雖然真鍋這個姓氏在全國並不是很普遍，但在縣北部的某個城鎮，有很多姓「真鍋」的人。廣播短劇的內容是廣播社所有成員都姓真鍋這個姓氏，前半部分是吐露經常分不清誰是誰的對話劇，後半部分去探尋了「真鍋」的由來，最後大家都很慶幸自己姓「真鍋」，是一個圓滿結局的故事。

現實生活中，不可能社團所有成員都姓「真鍋」，因為建立在虛構的基礎上，所以參加了廣播短劇項目的比賽，但我認為這個題材更適合紀實類別。

如果「真鍋」的由來也完全是虛構，那就只能是廣播短劇，但劇中很樸實的驗證結果，感覺應該是事實。

如同正也說，二年級學長姊的廣播紀實作品〈鐵捲門再度拉起的日子〉適合作為電視紀實作品，用哪一種方式呈現想要傳達的事或是表達的事，或許是一件重要的事。

下一部作品的名稱為「謝謝」。主角是一個男高中生，在暑假的籃球社訓練時，因為電解質不平衡昏倒了。他在醫院的病床上醒來時，發現床邊站了十個人，全都是主角不認識的人。

那十個人紛紛向他說『謝謝』，但主角完全不知道是怎麼回事，只有對其中一個穿著他院制服的女高中生，好像曾經在哪裡見過。

他想起有一天早晨，在公車站附近看到那個女生因為貧血蹲在地上，於是遞給那個女生一瓶運動飲料和一瓶家裡自製的酸梅。

女高中生告訴主角，之後，她在搭公車時，看到一個上班族站在車上突然腳抽筋，於是她就把那瓶酸梅給了那名上班族後下了車。

那名上班族站在女高中生身旁。

站在主角身旁的那些人，都是因為他送給女高中生的那瓶酸梅而得到了幫助，藉此瞭解「只要起風，木桶店就會發大財」的蝴蝶效應，說明了每個人微不足道的言行，會產生意想不到的影響。最後是銀行搶匪吃了酸梅，想起了自己的奶奶，決定洗心革面這種令人意想不到的結局。

接下來的作品題目是名為「模擬告白」的戀愛故事。主角的女生想要向自己喜歡的男生告白，找兒時玩伴的男生來模擬練習，在一次又一次告白練習後，發現自己真正喜歡的其實是眼前的兒時玩伴。

雖然這個題材並不新穎，但他們一起走在縣內由平家的一個落魄武士建造，目前已經很破的吊橋上作為模擬練習的橋段很有趣，我忍不住笑出了聲音，會場也到處響起了笑聲。如果電視短劇要拍相同的題材，就必須去申請拍攝許可，哇地大叫一聲掉下吊橋的場景也會讓人無法一笑置之。

每個聽眾聽到『流太多鼻血』這句台詞時，腦海中想像的流血量應該不一樣，聽廣播劇時，可以在自己容許範圍內發揮想像力，應該也是廣播劇的優點之一。

下一部作品的名稱是「爺爺與我」。主角是男高中生，因為覺得很麻煩，不想去參加爺爺去世七週年的法事，爺爺的幽靈出現，附身在主角身上。

前半部分中，爺爺協助主角在考試時作弊，卻常常出現烏龍，帶有喜劇的色彩，後半部分時，當爺爺發現主角看到好朋友遭到霸凌也假裝沒有看到，就斥責了主角，故事變得充滿人情味。主角想起了爺爺生前的口頭禪。

『功課好不好不重要，但絕對不能做對不起老天爺的事。』

主角在爺爺幽靈的鼓勵下，幫助了自己的好朋友。雖然由高中生演爺爺的角色，幾乎不會覺得奇怪。如果是電視短劇，就會出現一個高中生在臉上畫很多皺紋，頭上綁三角布，演長了腳的幽靈，這麼一來，觀眾的注意力就會放在外表上，很難集中在故事本身。

廣播劇在這方面的自由度也很高，可能是因為這個原因，所以進入決賽的作品也不像電視短劇項目一樣，幾乎都是劇中人物只有高中生的戀愛故事和友情故事。

接下來的作品是由一所女子高中製作，題目是「請帶給我未來」。演員只有女生的話，似乎比男女同院的學院不利，不知道是怎樣的故事。

那是一個女高中生罹患白血病的故事，女高中生需要移植骨髓，但家人中沒有適合捐贈骨髓的人，女高中生的好朋友很想救她，但因為未成年的關係，所以她們無法捐贈，於是就在車站大聲喊著『請帶給我未來』，呼籲民眾接受檢查，成為骨髓捐贈者。

我覺得這部作品應該最符合高中生和傳播這兩項比賽宗旨，但也覺得美中不足。因為對於急性骨髓性白血病、骨髓移植和成為捐贈者必須接受哪些檢查這些問題，那幾個演好朋友的女生只是輪流朗讀醫學書上的內容。

如果我在現實生活中遇到相同的狀況，要在街上呼籲時，可能也會做相同的事，但既然是作為廣播短劇的作品，就不能只是重現現實生活中可能發生的事，而是需要稍微加工潤飾。

比方說？聲音……下雨的聲音！當她們在街頭呼籲時，下起一場大雨，行人加快了腳步，可能沒有人聽她們說話，但她們仍然沒有放棄。

我忍不住對於其他學院的作品百般挑剔。

接下來終於輪到青海學院的〈圈外〉了。

我以前甚至沒有聽過自己透過麥克風說話的聲音，竟然演了廣播短劇的主角。

在重聽錄音的內容時，起初因為覺得太丟臉，肚子深處有好像在搭雲霄飛車時那種癢癢的、要飄起來的感覺，根本無法好好聽。

但在聽了幾次之後，不知道是耳朵習慣了，還是膽子變大了，或是發現只有自己的反應過度，終於能夠冷靜細聽了。

雖然這個禮堂很小，聽到自己的聲音響徹音響設備齊全的整個會場，還是有一種肉麻的感覺。但只有最初的一分鐘有這種感覺。

和其他學院的作品相比，〈圈外〉的節奏很明快，故事也很有趣，但我說台詞的技巧太差了。社團的成員都稱讚我的聲音好聽，所以我有點得意，但我覺得〈任務〉和〈爺爺與我〉的主角聲音比我的聲音悅耳好幾倍，而且口齒也更清楚。

尤其〈圈外〉有很多地方的台詞都唸得太快，不知道會場內的聽眾是否能夠聽清楚這些部分的內容。雖然現在想到這些也已經來不及了，但我除了在已經熟讀劇本，完全瞭解劇情的社團成員面前表演，還可以在家裡唸給媽媽聽，問她是否能夠聽懂台詞的內容。

除此以外，關於生氣、哭泣這些情緒很飽滿的部分，包括我在內的所有人，也許可以將演技發揮得稍微誇張一點。廣播劇無法看到劇中人的表情，如果無法將感情融入聲音，就很難百分之百傳達給聽眾。

即使扣除這些因素，我仍然覺得這個故事很有趣，絕對不輸給其他學院的作品。

〈圈外〉播出後，會場的燈光亮了起來。我轉頭看正也，發現他把剛才揉成一團的評分表攤平了。他的表情很可怕，我不敢和他說話，只能默默看著他，他拿起自動鉛筆，在背面拚命寫了起來。

是否應該在最前面加入學院因為發生了圈外症，陷入一片混亂的場景？說話太快的部分可能真的有點聽不清楚？如果要刪的話，要刪哪一部分？

原來他在寫對〈圈外〉劇本的反省。剛才聽完〈任務〉時，他還說什麼一旦寫在紙上，只有寫下的東西會留在腦子裡，放棄做筆記，想必他的腦袋裡已經裝不下他想到的反省內容，和可以運用在日後創作上的靈感。

三年級的學姊站了起來，大家都打著呵欠，用力伸著懶腰。她們為其他學院的作品評了分，〈圈外〉的欄目卻是空白。

「我們去剛才吃午餐的公園。」

月村社長說。今天的比賽結果會在一個半小時之後，也就是下午四點時貼在入口大廳。

「正也，要走了。」

正也手忙腳亂，雙手分別拿著紙和筆，久米拿起他放在腳下的背包，我們一年級三個人也一起走出了小禮堂。

紀實電視項目的比賽還沒有結束，我們三個人在吃午餐時的那張桌子旁坐下時，比我們先離開小禮堂的三年級學姊也來了，把幾種不同的保特瓶飲料放在桌子上。

「我們三年級請你們喝的，你們拿自己愛喝的。」

敦子學姊說，我向學姊鞠躬道謝後，拿了一瓶運動飲料。正也也拿了運動飲料，久米選了冰紅茶。學姊也都拿了各自的飲料，打開了瓶蓋。桌子上還剩下四瓶飲料。

「今天辛苦了。」

大家在月村社長的帶領下乾了杯，但這樣沒問題嗎？等一下白井學姊又要生氣了。

我們並沒有像中午一樣熱烈討論哪一部作品最出色，因為任何一部作品都是〈圈外〉的競爭對手，所以無法輕易發表意見。想到這裡，就忍不住反省中午對二年級的學長姊太失禮了。

只有正也坐在桌子角落針對〈圈外〉拚命寫著什麼。

我和久米在一旁心不在焉地聽著三年級的學姊在說暑期輔導的事。

不一會兒，二年級的學長姊也來了，他們對我們先喝飲料這件事沒有表達任何意見，向三年級學姊道謝之後，四個人乾了杯，一口氣喝完了。

二年級的學長姊也沒有討論作品問題，只是有一搭，沒一搭地聊著現在是梅雨季節，卻完全沒有下雨這種無關緊要的事。

「啊！」光流學姊好像突然想到什麼似地叫了起來。因為光流學姊很少這麼大聲說話，所以除了三年級學姊以外，二年級的學長姊也都看著她。

「我們一年級的時候，是不是現在這個時候才吃餅乾？」

「對喔，是現在才吃。」

紗華學姊也表示同意。

「我記得當時大家邊吃邊大聲說著競爭學院的名字和作品名，努力消除緊張的心情。」

敦子學姊可能想起了當時的情況，語帶興奮地說。

「無論怎麼想，都覺得那樣才對，為什麼之前都沒有想起來呢？」

白井學姊責備著三年級學姊。

「並不是忘記了，去年換了顧問老師之後，真的面臨了全軍覆沒的危機，結果這個時間把餅乾拿出來，學長姊都根本吃不下。如果現在這裡有餅乾，我應該也吃不下。」

月村社長靜靜地回答。進入全國比賽的輝煌紀錄究竟會在這一屆中斷，還是可以連續十年進入ＪＢＫ大賽？

距離公佈成績只剩下半個小時。

決賽的結果公佈在縣民文化中心大禮堂前方入口的門上。由於趕來看結果的學生人數比預賽時少了很多，我也跟在一路往前衝的正也身後，悠閒走向禮堂的門。

和預賽時一樣，各項目的成績都公佈在一張Ａ４影印紙上，總共有六張橫向貼在門上。比賽結果以橫寫的方式印刷，和預賽時不同的是，並不是只公佈通過的作品，而是用表格的方式公佈了所有進入決賽作品的分數和排名。

我尋找廣播短劇項目的那張成績單，因為名單並不是以分數高低排名，而是按照出場先後排列，所以我看了表格的最下面那一欄。

⑩青海學院高中　圈外　４４７　２　用紅字寫了「推薦」——

在五百分滿分中得到四百四十七分，在十所學院中獲得第二名。而且……在本縣推薦參加全國比賽的兩所學院中，青海學院就是其中之一。

「正也！」

我大叫著用力拍了拍他的背，站在他旁邊。我放在他背上的手，可以感受到他在顫抖。我看向他的側臉，發現他眼中的淚水快要奪眶而出。我的鼻子也酸酸的。

我聽到旁邊傳來啜泣的聲音。月村社長哭得眼淚不停地流下來。

三年級的其他四個學姊平時表達感情的方式都很誇張，現在都忍著淚水，輪流輕輕撫摸社長的肩膀說：「太好了，太好了。」

我在三年級學姊的身後看到了翠理學姊，她雙手捂著臉哭了起來。

我立刻看了播報項目的結果。第一個上場比賽的翠理學姊得到第七名。本縣推薦六個名額進入全國比賽，她只差一名，就可以擠進名單。

是因為她把卡拉瓦吉歐唸成了卡拉瓦喬，還是有其他原因……和我在中學驛站接力賽縣賽時，為只差三秒就可以得到冠軍時同樣的後悔不僅在學姊的腦海中浮現，而且應該貫穿了她的全身。不，她可能比我更懊惱。因為她和第六名只差兩分而已。

白井學姊站在翠理學姊身旁，但她並沒有安慰翠理學姊，而是直視前方，凝視著公佈結果的紙。是紀實電視項目，還是紀實廣播項目？

正當我準備將視線移向比較靠近我的紀實廣播項目時，白井學姊轉身背對著門，撥開人群跑走了。原本站在白井學姊身後的橄欖球學長慌忙追了上去。

我轉頭看著他們，和高材生學長對上了眼。高材生學長露出哭笑不得的臉，我不知道該對他露出怎樣的表情。

我轉回頭看比賽結果。青海學院在紀實電視項目中獲得第六名，紀實廣播節目中獲得第八名。

紀實類別的前四名可以獲得推薦，所以也許不能說「只差一點」，但充滿自信挑戰的作品沒有得到期待中的評價，還是會讓人感到失望。

廣播短劇項目的第一名是〈謝謝〉。我對這樣的結果感到驚訝。我覺得〈圈外〉比〈謝謝〉好多了，原本以為〈圈外〉如果會輸，只會輸給〈任務〉，沒想到〈任務〉竟然只有第六名。我懷疑是不是分數計算錯誤。連他院的我都這麼認為，製作這部作品的人應該不只是懊惱而已，而是會感到憤怒或是無力感。

聚集在門前的所有學生幾乎都哭了。有些人是喜極而泣，大部分都是心有不甘的淚水。雖然有人忍不住高興地喊「太好了！」但沒有人在這裡歡呼雀躍，我想應該是基於對競賽對手表達的敬意。

正也、三年級的學姊和久米都確認了二年級學長姊的結果，然後離開人群，從入口走了出去。一走出縣民文化中心的入口，三年級的學姊立刻搭著肩歡呼起來。

「我們可以去東京了！」

第五章　即興演出

我在回家之前，就傳了電子郵件給我媽說，我們的廣播短劇進入了全國比賽，所以餐桌中央的盤子裡堆了滿滿的炸雞塊。別人看到這麼多炸雞塊，可能會納悶家裡到底有幾個人，但在我家，這些炸雞塊一個晚上，最晚到明天中午就會吃完。因為我媽和我都超喜歡吃炸雞塊。我面對媽媽為我準備的慶功宴，內心卻有點鬱悶。

為什麼呢？

我們進入了全國比賽，但秋山老師在縣民文化中心的入口和我們會合時，只是轉達J賽的詳細情況將會在日後郵寄到學院，講評會在下個星期公佈在大會官網上，簡直就像是聯絡公事般冷淡。難道是因為這個原因？

三年級的學姊說，難得出遠門，一起去有好吃鬆餅的咖啡店慶祝一下，但二年級的學長姊默默拒絕了。難道是因為這個原因？

雖然三年級的學姊問，你們一年級呢？我覺得這就像是要我們在二年級和三年級之間選邊站，所以就以坐了一整天，腳開始有點痛為由拒絕了。難道是因為這個原因感到愧疚嗎？

還是因為久米與正也說要和我一起離開，婉拒了三年級學姊的邀約，讓我覺得讓他們為難了，感到有點抱歉嗎？不，不是，我反而覺得自己為他們提供了藉口。

回程的電車上，雖然對正也說了「恭喜」，但為什麼很快就和久米一起告訴正也，播報項目的規定文稿有陷阱這種事，轉移了話題？

正也回答說：「我甚至不知道有這個畫家。圭祐，如果你明年想參加播報項目，最好從現在就開始多看報紙」，然後明明沒有太大的興趣，卻用手機開始搜尋卡拉瓦喬。

因為我們都不想討論全國比賽的事。

——我們可以去東京了！

這就是我感到悶悶不樂的原因。敦子學姊最先說了這句話，但其他三年級學姊也都紛紛這麼說。

可以去東京了。太棒了。簡直就像在做夢。

她們都流著淚，不斷重複這三句話。就連月村社長也不例外。

起初我還看著幾個學姊，覺得真是太好了，但突然想起學姊之前曾經說過，如果社團進入全國比賽，學院只支付每個社團五個人的遠征費。

「對了，圭祐，全國比賽的日期沒有和手術的日子撞期吧？現在應該還可以請醫院調整日期。」

媽媽把一塊很大的炸雞塊吞下去後說道。看來媽媽在咀嚼的時候也思考了很多事。

車禍發生至今，到今年八月就滿半年了，我必須再次動手術。之前上體育課時都在一旁休息，也是為了這次的手術做準備。只要這次手術成功，就可以慢慢增加運動量作為復健。

雖然醫生對我說，以後還可以繼續跑，但在手術成功之前，我不願去多想這件事。八月的第一週，我將住院動手術，J賽的總決賽在七月的最後一週。

「別擔心，日期並沒有撞期，而且也不會帶我去。」

「但你不是主角嗎？」

媽媽瞪大眼睛表示驚訝。

「如果是舞台劇競賽，主角絕對不可或缺，但廣播劇只是播放已經錄製好的內容，而且……」

我簡單向媽媽說明了學院方面願意支付社團成員遠征費的人數，剛好和三年級學姊的人數相同。

「這樣啊……太可惜了。」

媽媽一臉失望的表情，好像她無法去東京參加J賽的總決賽，但我對自己無法去東京並沒有太失望。

因為這次製作的廣播劇，正也貢獻最大。

吃完晚餐，回到自己的房間之後，心情仍然悶悶不樂。

——要不要約正也和另一個女生一起去遊樂園玩作為紀念？

雖然媽媽若無其事地這麼提議，但任何事都無法替代，更何況媽媽根本不瞭解進入J賽總決賽的門檻有多高。

她看到兒子既沒有流汗，也沒有流淚，所以才會想得這麼簡單，以為即使沒有才華，不需要努力，只要稍微加把勁就可以辦到。

廣播社的所有成員都參加了廣播短劇〈圈外〉的製作，每個人都很努力，無論演員、製作，每個人都在自己的崗位上盡了最大的努力，但我認為能夠獲得進入全國比賽的高度肯定，並不是因為大家努力的結晶，或是集思廣義產生的化學反應的功勞。

和之前三崎中學田徑社少了良太的驛站接力賽時不同，這絕對不是普通人能夠創造的奇蹟。

而是因為有正也的劇本，有一個最優秀的王牌，才能有這樣的結果。

這就像假設良太的腿沒有受傷，參加了縣賽，因為良太一路快跑，遙遙領先而獲得了優勝，獲得了進軍全國比賽的資格，在這種情況下，怎麼可能不讓良太去、不帶他去參加全國比賽？

雖然無論正也去不去，結果都不會改變。

如果顧問老師每天都參加社團活動，充分瞭解每個人在社團發揮的作品，或許會根據對作品的貢獻度挑選出五個人，但完全無法期待秋山老師能夠做這件事。

如果久米有手機就好了……我覺得她應該也在想這件事，我們可以一起發發牢騷，心情或許會舒暢些，但我無法把這種心情告訴正也。

因為如果正也說，他也想去ＪＢＫ禮堂，我要怎麼回答他？

星期一放學後，播音室召開了名為縣賽反省會的會議。桌子周圍像平時一樣放了兩圈鐵管椅，但桌子中央放了兩個蛋糕盒，裡面有各式各樣的蛋糕。

聽說是秋山老師送來的，但不見她的人影。

「『白玫瑰堂』的蛋糕超好吃，老師應該藉此表達祝賀。」

敦子學姊興奮地說著，把紙盤和塑膠叉子傳到我們面前。

「種類太多了，不知道該怎麼挑選，但這次一年級很努力，所以就由低到高，由一年級開始挑選自己喜歡的。」

樹里學姊聽了敦子學姊的提議說：「同意！」然後把兩個蛋糕盒推到我們面前。

「正也，你先選，因為你的貢獻最大。」

我很自然說出這句話，久米也點了點頭。

「那各位學長姊，我就不客氣先挑了。」

正也爽快地站了起來，在蛋糕盒裡物色起來，最後選了一塊巧克力上灑了金粉的蛋糕。久米是女生，我讓她接著挑選，她挑了一塊簡單的草莓蛋糕放在盤子上。我覺得她可以挑更高級的口味，自己選了哈蜜瓜塔。

久米把蛋糕盒移到二年級學長姊面前。

「可惡！」敦子學姊半開玩笑地看著我的盤子發著牢騷。我用手臂把放在桌上的盤子圍了起來，表示我才不會讓給妳。

三年級的學姊也知道一年級，尤其是正也的貢獻最大，會不會就像讓我們先挑選蛋糕一樣，讓我們一年級優先去東京？

但是，事情不可能這麼圓滿，相反地，會不會是為了掩飾想要自己去東京的愧疚，所以才讓我們先選蛋糕？

我們才不會讓給你們。這是她們想要說的話。

不知道月村社長會如何提出去東京的事。我原本帶著緊張的心情參加今天的會議，但在吃蛋糕時，心情漸漸放鬆了。尷尬的話題就在這種時候突然開始。

「這個超好吃。」

紗華學姊吃著分成三層的乳酪蛋糕，一臉陶醉的表情說。

「給我吃看看。」坐在她兩側的光流學姊和樹里學姊用自己的叉子舀起一小口。

「對了，我昨天上網查了一下，ＪＢＫ禮堂附近有一家店的乳酪蛋糕很好吃。」

樹里學姊說。

「是嗎？我想去。我們一起去，應該有自由活動的時間吧？」

敦子學姊興奮地插嘴問月村社長。

「嗯，是啊……」

社長不乾不脆地點頭。

「妳們是認真的嗎？」

這時，響起一個嚴肅的聲音。

說話的人既不是正也的朋友，也不是正也的同學，但她是不是認為不讓正也去參加全國比賽太奇怪了，而且認為必須糾正目前這種錯誤的情況？

「我認為妳們前天很激動，沒有多想，就高興地覺得妳們可以去東京，沒想到直到今天，妳們竟然還這麼認為。」

三年級學姊被白井學姊的氣勢嚇到了，放下了叉子。

「我能夠理解妳們很希望五個好朋友一起去東京的心情，但是，沒有宮本就沒有〈圈外〉，為什麼妳們可以擅自排除宮本要去東京的選項？」

三年級的學姊都低下了頭，但我今天完全不同情她們。雖然我沒有出聲說「就是啊」，但用力點了點頭。

「因為每年都是三年級參加……」

敦子學姊小聲嘀咕，和剛才的伶牙俐齒判若兩人。

「那是因為往年的作品都是以三年級為中心製作。」

白井學姊每次說話都很有道理，敦子學姊不再吭氣，其他學姊也都沒有說話。

今天這一場是忍耐大會。

三年級學姊都知道正也的貢獻最大，但只要稍微提到這一點，大家開始討論這件事，她們就傷腦筋了。因為這樣一來，她們就必須決定誰不能去。

那我不去了！如果有人在衝動之下，惱羞成怒地這麼說，就立刻出局了。其他人好像就在等這一刻，雖然會哭著說對不起，但暗自鬆一口氣，這件事就成了定局。

不說話就不會吃虧。這種做法太狡猾。

正也預料到會有這種情況發生，所以今天才會坐在後排嗎？我悄悄回頭看他，發現他正在吃蛋糕。那塊蛋糕三口就可以吃完了，他用叉子一小口一小口送進嘴裡，現在只剩下他一個人在吃蛋糕。

「妳們不吭氣也解決不了問題，竟然完全不想和大家溝通，妳們就是這樣，所以連像樣的作品也做不出來。」

白井學姊說話毫不留情。

「這樣說太過分了。」雖然高材生學長在一旁勸她，但白井學姊仍然瞪著三年級學姊。

「……如果紀實類別有一部作品入圍就好了。」

敦子學姊小聲嘀咕道。她平時就很愛說話，所以無法忍著一直不說話，才會不小心說出真心話。我猜想她應該並不是想要反擊……但這句話不能說。

啪！白井學姊雙手用力拍桌，抓起裝了還有蛋糕的紙盤，就朝敦子學姊丟了過去，然後衝出了播音室。

幸好白井學姊丟的蒙布朗蛋糕掉在敦子學姊面前的桌子上。

如果紀實類別有一部作品入圍。我忍不住思考這件事。二年級只有四個人，加上正也剛好五個人，但即使不需要深入思考，也知道說這種假設的狀況無濟於事，而且也絕對不能在二年級面前提這件事。

敦子學姊應該也知道自己說錯了話，最好的證明，就是即使她被丟了蛋糕也沒有吭氣。

「我們二年級的人要去追白井，她應該會在中庭或是圖書室。」

高材生學長說完這句話後站了起來，然後轉身面對月村社長。

「白井已經充分表達了我們二年級的想法，請你們留下來的人決定這件事，但如果要補充的話，我只想說一件事，並不是只有宮本一個人很努力。三個一年級的人都該去，剩下的兩個名額，妳們可以抽籤決定，不去的人比較多的話，氣氛就不會像現在這麼尷尬，就這樣。」

高材生學長最後那句「就這樣」就像是暗號，橄欖球學長和翠理學姊也站起來走出了播音室，沒有吃完的蛋糕還留在桌上。

我認為高材生學長的提議最理想，但三年級學姊不可能輕易接受。

敦子學姊、光流學姊、樹里學姊、紗華學姊都露出好像在問「該怎麼辦？」的表情，默默看著月村社長。社長看著半空，最後露出了下定決心的表情開了口。

「宮本，你可不可以代替我去？」

「啊？」除了四個三年級學姊以外，我也發出驚叫的聲音。

「其實我哥哥帶我去過ＪＢＫ，所以……」

「不要！」

正也靜靜地，但有力地打斷了月村社長的話。

「我從來沒有說過想去東京。」

正也直視著月村社長說。

「但是……」

社長結結巴巴。我、白井學姊還有三年級的學姊，都沒有問過正也的想法。

「如果大家都可以去，我當然很想去，但我不願意為了自己去東京，就把別人拉下來，所以不要再為了我繼續這種無聊的爭執。」

「但是，真的可以嗎？」

「我當初寫〈圈外〉並不是為了去東京，而是有很想要傳達的想法，而且有機會寫成廣播短劇去參加比賽，所以我就寫了。這部作品能夠通過縣賽的預賽，而且在決賽中得到第二名，可以進入全國比賽，我當然覺得很高興，也覺得好像在做夢，但這是因為這個故事可以傳達給更多人，可以讓更多人有機會聽到而高興，絕對不是因為可以去東京。」

雖然正也說話的語氣很平靜，但我從他的話語中感受到憤怒和悲傷，而且也發現我也沒有瞭解這個故事真正的意義。

也許不能去東京。

最好的證明，就是我為了這件事，沒有和正也聯絡。在決賽之後，我應該和他討論作品，討論〈圈外〉，討論其他學院的作品。

即使今天這場反省會，也應該一邊吃蛋糕，一邊為〈圈外〉獲得肯定感到高興。

然而，大家滿腦子只想著去東京的事。對正也來說，拋開〈圈外〉去東京根本沒有任何價值。

但是……我還是忍不住想，不去東京真的沒關係嗎？難道不想看看全國的高中生聽到〈圈外〉時臉上的表情嗎？

「而且……」

正也繼續說了下去。

「我覺得今年我不該去，如果憑著新手的幸運輕易達到目標，當明年或是後年遇到瓶頸時，就會覺得『算了，沒關係，反正我已經去過了』。」

正也說到這裡露齒一笑，然後伸出右手食指抓了抓鼻頭。我覺得正也正在努力說服自己。

「而且，按照我自己的評分，〈圈外〉是第三名。」

「啊！」

月村社長叫了起來，我也很驚訝。看了正也聽完〈任務〉之後的反應，我猜想他可能認為會輸給〈任務〉，沒想到他認為只有第三名。

「第一名是〈任務〉，第二名是〈模擬告白〉，雖然這兩部作品的實際排名分別是第六和第七名，讓人難以置信，但正因為這個原因，我認為有比在比賽中的名次更重要的事。這是我在比賽結束後一直思考的問題。」

「〈任務〉也讓我起了一身雞皮疙瘩，但〈模擬告白〉比〈圈外〉更好的點在哪裡？」

我轉身看向後方問正也。

「圭祐，你不是笑得很大聲嗎？我也笑了，當時會場到處響起了笑聲。我目前還沒有自信能夠寫出讓大家笑得那麼開心的劇本，不是經常有人說，逗人發笑比賺人熱淚難度高多了嗎？」

「也對……那部作品雖然沒有搞笑或是冷笑話，卻真的很有趣。」

我點著頭，忍不住思考自己是否曾經讓別人發笑。在我記憶中並沒有。有道理，逗人發笑真的很難。

「正也，但我還是認為〈圈外〉很有趣，因為我認為有趣並不等於好笑。」

我點著頭，但仍然覺得必須把這個想法告訴他。正也露齒笑了起來，而且沒有抓鼻頭。

「宮本，真的可以嗎？」

月村社長一臉心虛的表情問。

「對，請三年級學姊去參加全國比賽，我原本期待今天和各位學長姊討論〈圈外〉和其他作品，而不是討論這種事。」

月村社長聽了正也的這句話，好像挨了一拳般皺起眉頭，低下了頭。

社長考慮到正也，所以做出了自己退出，讓正也去東京的痛苦決定，但她也沒有搞清楚重點。

去全國大會的目的到底是什麼？

舉辦J賽的目的並不是為了獎賞鄉下高中生去東京旅行。

「宮本，謝謝你……」

敦子學姊雙眼通紅，吸著鼻子說。我相信這幾個學姊應該也瞭解到正也的想法了。

「我們會帶伴手禮給你們。」

光流學姊接下來說的這句話，讓我差一點垂下頭，幸好我沒有用手托著臉。

她們根本不瞭解宮本的想法……我要不要放聲大叫，別管她們，我們去東京？

「這不是重點！」

月村社長轉頭看向自己的同學說。她的聲音比白井學姊更震撼，在內心深處產生了共鳴。

「如果宮本去J賽，就可以吸收來自全國各地的廣播短劇作品所有的優點，同時也會像對待自己的作品一樣，認真對待那些作品的不足之處，然後反映在他的下一部作品上。如果白井去的話，只要時間允許，她一定會去看其他項目的比賽，分析作品的傾向和對策，為明年做準備。町田和久米，還有其他二年級的學弟妹，無論誰去，都一定可以有所收穫，為明年打好基礎。但他們把這樣的機會讓給了我們，我們必須把J賽，至少把在J賽上播出的〈圈外〉帶回來這裡，如果無法做到，就把這五個名額讓給學弟妹。」

最後還是決定由五名三年級的學姊去參加J賽。

敦子學姊建議可以帶上評分表，在白井學姊為縣賽做的評分表基礎上，又增加了新的項目。幾個學姊接連提出了新的項目，光流學姊提出了我之前完全沒有意識到的項目。

「地方特色的程度」。

進入J賽的作品都在各都道府縣的預賽中獲勝，也許有些作品會特別融入方言、觀光勝地，以及當地的問題，也可能有些作品在無意識中結合了地方特色。

「我也想知道這方面的情況。」正也探出身體說，「我在寫〈圈外〉時，刻意避免了地方特色，但我現在超想知道這對參加J賽到底是加分還是減分。」

「既然是全國性的作品，我認為不要有太濃的地方特色比較好，但可能有些評審認為，在作品中融入地方特色，反映了高中生對家鄉的熱愛。」

月村社長也抱著手臂點頭說。如果她當初沒有太在意其他人，能夠像現在一樣直接表達自己的想法，三年級應該也可以製作出很優秀的作品。雖然有點為她們感到惋惜，但她們並不是以後就沒機會了。

「除了聽作品研究以外，我還想和不同學院的人交流，問一下他們使用了哪些器材。」

沒想到比起和人接觸，更喜歡和相機、電腦打交道的樹里學姊竟然會說出這種意見。

「要不要除了評分表以外，另外製作一份問卷調查表？」

紗華學姊提議。

「但這樣太單向了，對方可能會不願意填寫，要不要做成意見交換表？也可以交給對方。」

敦子學姊說。雖然我的鬱悶並沒有百分之百消除，但完全能夠接受目前的結果，覺得這樣很好。

在完成J賽總決賽的評分表和意見交換表的雛型時，二年級的學長姊回來了。敦子學姊向白井學姊道歉後，白井學姊也為丟蛋糕的事道了歉。

在向二年級的學長姊說明三年級的學姊和一年級（其實只有正也）討論了哪些內容時，他們看到了桌上的表格，瞭解了大致的情況。

「我也很好奇地方特色的程度。」

白井學姊好像顧問老師一樣，用手指著每一個項目確認。

「還可以再增加一項公立特色和私立特色嗎？」

我也沒有想過這個問題。

「這會有影響嗎？」

正也撇開不太敢表達意見的三年級學姊問。

「紀實類別應該有影響，不是要挑選代表本縣的作品嗎？比方說，在高中棒球的縣賽決賽中，如果分別是和自己無關的私立和公立學院，你會支持哪一隊？」

「啊！嗯，對喔，但廣播社似乎和這些事沒有太大的關係，應該沒有學院會為了J賽從外縣招生優秀的學生。」

「但別人不是會覺得私立學院有充足的預算，或是有最新的器材嗎？如果確認沒有差別的話當然最好，相反地，我很希望可以消除我在這方面的疑問。」

「好，那我們也會確認這個問題。」

月村社長在評分表雛型中又增加了新的項目。

之後才終於有開會的感覺，三年級學姊在J賽之後就要退出社團，但廣播社要推動暑假期間，協助舉辦市民廟會，和秋天綜合文化祭等計畫，從七月一日開始，就要以二年級學長姊為中心，以新的體制進行運作。

大家一致推舉白井學姊當新社長。

一年級的成員也要正式投入廣播社的活動，我內心卻無法產生期待感。

廣播社的會議結束，和正也一起走去車站的路上，我不知道該和他聊什麼。

「要不要來慶功？週末時，要不要找久米，我們三個人一起去哪裡玩？」

最後只能說出和我媽相同的提議。

「嗯，對不起，我想在期末考之前好好讀書。期中考的成績慘不忍睹，要稍微補救一下。」

正也馬上拒絕了。

「也對。」我點了點頭。我和正也每次英文和數學小考都好像在走鋼索。

「雖然我爸媽知道我進入青海的目的是廣播社，但成績太離譜，他們可能不讓我參加社團活動了。」

正也露出了苦笑，我也對他露出了相同的表情。

「但很謝謝你邀我，我想你應該為了去東京的事想要安慰我，但我真的沒有多想。暑假的時候再一起玩，我有很多想看的電影。」

「是啊。」

我沒有告訴他住院的事，不置可否地笑了笑。因為如果我告訴他，他可能反過來安慰我，說還是下個星期一起去玩。

我也必須好好讀書了，否則對不起我媽為我付了這麼貴的學費。

而且我這個星期的功課比正也還多，我差點忘了體育報告的事。

學院不可能因為我受了傷，讓我每次體育課在旁邊看，就給我學分。我每個月必須根據一年級的體育老師水田老師出的題目寫一份報告，而且每個題目要寫五張Ｂ５活頁紙。雖然可以上網查資料，但如果被老師發現抄的內容超過五行，就要重寫。

四月的題目是「廣播操」。

五月的題目是「奧運」。

因為題目太大了，所以我寫的報告也有點亂，幸好老師沒有要我重寫。

六月的題目是「驛站接力賽」。現在並不是驛站接力賽的季節，為什麼要出這種題目？水田老師是足球社的顧問老師，這個月的體育課也是以墊上運動為主。

驛站接力賽源自日本，國外雖然也稱為馬拉松接力，但根據日本驛站的羅馬拼音「EKIDEN」的說法也漸漸成為主流。要寫這些內容嗎？

不，即使不寫這種內容，我以前寫下的驛站接力賽心得，五張根本寫不完。

那是我中學時代的社團活動筆記。

我在筆記上記錄了每天的練習內容、時間和村岡老師的建議，雖然已經沒有用了，但我還沒有丟掉。

我決定從其中挑選出為了最後一次全國中學生驛站接力賽練習的一年，將春季新人賽和夏季大賽的三千公尺長跑、驛站接力賽區域選拔賽前的試跑、區域選拔賽和縣賽的成績做成表格和圖表，總結自己和其他人的成長。

週末結束，迎接了六月最後一個星期一，我拿著寫好的報告走去體育老師的辦公室，發現水田老師還沒有來上班，所以我就請其他老師幫忙轉交。他就是田徑社的顧問原島老師，之前在印刷室時曾經叫了我的名字。

「喔，町田圭祐。」

老師又叫了我的全名，然後翻著我交給他的報告。

「你寫的報告題目是『缺了王牌選手的驛站接力賽』，這個王牌選手就是山岸良太吧？」

原島老師當然知道良太，但為什麼立刻知道我的報告寫的是良太？

「呃，啊，對，沒錯。」

體育老師的辦公室已經開了冷氣，但我的額頭冒著汗。

「內容讓人很感興趣啊。對了，聽說你暑假時膝蓋要再動一次手術？」

原本低頭看報告的老師抬起頭，坐在椅子上直視著我。

「對、對啊，沒錯。」

我用手背擦著汗回答。

「聽說如果手術成功，就可以開始跑步，一方面也作為復健。」

「對……」

我忍不住在內心納悶。之前透過班導師告訴水田老師我要動手術的事，同是體育老師的原島老師知道這件事並不奇怪。

但是，除了動手術的事以外，我沒有告訴過青海學院的任何老師。

只有我、媽媽，還有……

「村岡是我中學、高中和大學田徑社的學弟，他比我小一屆。」

沒錯，村岡老師也知道這件事。我發生車禍住院期間，村岡老師幾乎每天來醫院看我，雖然我沒有告訴村岡老師恢復的情況，但老師可能問了我媽，而且也可能直接問了醫生。

村岡老師和原島老師是同一所大學田徑社的學長和學弟，那是驛站接力賽的強院，難怪三崎中學田徑社、青海學院田徑社的制服，和那所大學田徑社的制服都是相似的綠色。

即使聽了原島老師這麼說，我也不知道接下來該說什麼。

「那麻煩老師把報告交給水田老師⋯⋯」

「我記得你加入了廣播社？」

不知道是不是我含在嘴裡說話太小聲，原島老師沒有聽到，他又繼續發問，簡直就像把躲避球直接丟到我身上。

「對、是啊。」

「我聽說你們進入了全國比賽，你也要上場嗎？」

上場。看來老師也不太瞭解廣播社的活動。

「不，三年級會去參加。」

「是嗎？因為你剛加入社團沒多久，接下來才要大顯身手。」

我當然不能對老師說「不，我已經大顯身手了」。我什麼時候才可以離開？

原島老師再度低下頭，然後睜大眼睛看著我問：

「町田，你要不要加入田徑社？」

原島老師剛才說什麼？

「我、加入田徑社？」

晴天霹靂、事出突然、突如其來、事出意外。我努力從貧乏的詞庫中尋找最能夠形容此刻心情的詞彙，就已經是一種逃避現實。

「你在高中期間或許很難跑出好成績，但只要慢慢堅持跑下去，以後進大學或是踏入社會時，可能有機會發揮。」

「但是……」

我在練習時跟不上別人，不是會拖累其他人嗎？即使只是參加個人項目。不，我真的在擔心這個問題嗎？我是不是害怕到時候必須面對比現在更強烈、對於自己無法盡情奔跑的焦慮？

「嗯，你已經加入新的社團了，所以我也不勉強你，但你可以在暑假期間再好好考慮一下，還有田徑社這個選項。」

原島老師丟過來的球隨著他說的每一句話，力道漸漸加強，重重打在我的胸口上，我快接不住了。

「為什麼找我這種人？田徑社不是有很多推甄入學的厲害選手嗎？」

即使我沒有發生車禍，也未必能夠在田徑社有活躍的表現。

「因為聽說你跑步的樣子和我很像。」

「啊？」

「我記得好像是三年前，村岡突然打電話給我。我還以為他有什麼急事，他說他看到一個新生，跑步的樣子和我很像，雖然那個新生想跑短跑，三千公尺的成績也不是很理想，但他覺得那個新生可以成為出色的選手。」

我的思考有一半停止，所以不太能夠理解老師說的話。

「村岡老師是在說良太嗎？」

「你別裝傻了，町田圭祐，是在說你啊。我聽村岡說，你打算報考青海時，我就充滿了期待。」

田徑社的顧問原島老師邀我加入田徑社，還說我跑步的姿勢和他很像。

因為沒有真實感，所以我很認真地思考，但越想越懷疑自己聽錯了，更覺得沒有真實感。

我從體育老師辦公室回到教室時，走路有沒有東倒西歪？上課被點到名時，有沒有答對？我想不起中午的便當是什麼菜色，正也和久米好像推薦了我什麼有趣的書，但我連書名也想不起來。

我有一種不可思議的感覺，身體好像分成了兩半，輕飄飄的自己看著另一個自己，但另一個自己也飄在空中，兩個自己都沒有站在地上。

——發生什麼事了？

吃完午餐時，從逃生梯回教室的路上，正也好像這麼問我，我當時怎麼回答他？

趕快回想起來。如果不將意識集中在現實發生的事上，整個腦海就會被身穿綠色的制服在跑步的自己佔據。

我記得以前曾經看過一部電影，主角失去了寶貴的東西，無法從自己嚮往的幻想世界中走出來。那時候我還沒有發生車禍，每天以驛站接力賽的全國比賽為目標持續奔跑。

當時，我覺得電影的主角是一個逃避現實，內心很脆弱的人，完全搞不懂那部電影為什麼會紅到連我都會去看，但是，我現在不會這麼想。

如果有辦法再次走進能夠盡情奔跑的世界，我也不想再回到現實世界，即使那裡只是很快就會醒來的夢境世界。

放學後，正也來到教室門口等我，我們一起走去播音室。

推開沉重的門，感覺到其中一個飄在半空中的自己，兩隻腳穩穩地站在了地上。

仍然飄浮在半空的我發問。

喂，圭祐，這裡是屬於你的地方嗎？

站在地上的我靜靜地點頭。

我用力伸了一個懶腰，好像要叫醒有一半還在夢中的自己，然後走進裡面的房間，發現眼前的景象有點異樣。

二年級和三年級的學長姊像開會時一樣圍坐在中央的桌子旁，但每個人都凝視著自己的手機。

而且每個人臉上的表情都很凝重。

「今天又去補習嗎？」

只有敦子學姊抬頭問我們。

「不，一年級都留下來上第七節課，聽暑期輔導的說明。」

正也代表我們回答。沒錯。我在正也身旁點著頭，但我腦袋裡只剩下三成的內容。

我只記得七月二十一日開始放暑假，七月底之前，所有學生都要來學院參加暑期輔導。

「你們在幹什麼？」

我看了桌子周圍的所有人問道。

「選評出來了。」

月村社長單手拿著手機回答。

「還是去拜託老師用印刷室的電腦打開網站，印出來比較好吧？」

月村社長說完，準備站起來。

「不用了，不是什麼值得一看再看的選評，之後想要看的話，再用手機看就好了。」

新社長白井學姊尖聲回答後，重重嘆了一口氣，然後咚的一聲，把手機放在桌子上。這是她的手機，所以應該手下留情，但完全可以感受到她的心情很惡劣。

「去縣賽的官網就可以看到嗎？」

正也來不及放下肩上的書包，就迫不及待地從褲子口袋裡拿出手機開始操作。我也慌忙拿出手機，從官網的首頁點選了廣播短劇項目的結果。

決賽會場貼的結果是按照表演的先後順序，但這次是按照得分高低排列。前兩名作品的名字使用了紅字，讓人看了感到很自豪。

「你們坐下吧。」

我抬起頭，看到久米搬了三張原本放在房間角落的鐵管椅，放在我們旁邊。

對了，久米沒有手機。

我向她道謝的同時坐了下來，然後把手機螢幕轉向久米。

「謝謝。」

「我們一起看。」

我小聲對她說，她在我旁邊坐了下來，把長長的瀏海撥到左右耳後，盯著手機螢幕。

雖然她有手機恐懼症，但看這種內容似乎沒問題，我暗自鬆了一口氣。

「我也要。」

正也坐在我的另一側，也看著我的手機。他自己明明有手機，該不會在吃醋？我們三個人湊在一起看選評表。

〈圈外〉的講評先是稱讚。

『用具有獨創性的設定，對手機社會敲響了警鐘。』

我也認同。下一則評語也是稱讚。

『無法百分之百斷言圈外的現象不會發生在人身上，是這部作品醞釀出的真實，也是魅力所在。』

對嘛，對嘛。我忍不住高興起來，但好評到此為止。

『如果能夠在一開始描寫人們發生恐慌，更能夠讓聽眾感受到變成圈外的不安和恐懼。』

正也在作品發表之後，自己也寫下了相同的意見。如果有這樣的場景，故事的開始就更有氣勢，但最後一則選評是怎麼回事？

『既然家人的感情很好，妹妹早一點告訴家長，應該就不會得圈外症了。解決的方法太天真了。』

「什麼跟什麼嘛！」

我忍不住叫了起來。白井學姊之前也曾經指出有關霸凌的描寫，所以我在某種程度上做好了會有負評的心理準備，沒想到選評的內容完全出乎意料。

即使我對這個領域完全不精通，也知道每個人對故事的感受方法各不相同，所以每個人的感想並沒有對錯之分。

但是，我無法接受這種意見。

「根本不可能告訴大人。」

我聽到有人小聲地說。原來是坐在桌子旁的光流學姊。聽到我剛才那句話，她可能發現我看到了哪一則選評。三年級的其他學姊也都驚訝地抬起頭，看著光流學姊。

「中學二年級時，全班的女生都不理我。後來和我讀同一所小學的男生去向老師報告，這件事也就不了了之，但老師似乎必須向家長報告，沒想到我媽哭了……」

二年級的學長姊聽了光流學姊的話，也都把手機放在桌上和腿上聽她說話。

「我以為我媽得知自己的孩子是會被同學霸凌的小孬孬感到難過，比起同學不理我，讓媽媽失望更讓我難過，所以我當時下定決心，如果再遇到同樣的事，我絕對不會讓任何人知道。」

「我能理解。」

坐在旁邊的紗華學姊溫柔地把手放在光流學姊的肩上。

「家人的感情越好，越是愛家人，就越不願意讓家人擔心，但妳媽媽……」

「我知道。」

光流學姊靜靜地打斷了紗華學姊，似乎想要自己說。

「我直到最近才知道，我媽媽當時是因為其他原因哭。」

光流學姊露出了微笑，似乎要讓大家安心，在巡視所有人之後，將視線停在正也身上。

「我把〈圈外〉的劇本放在家裡的客廳，我媽媽看了之後，哭得稀里嘩啦，還對我說，父母無法瞭解孩子的感受時最痛苦。我問她，之前我被同學排斥時，妳也為這件事感到難過嗎？她告訴我說，對啊，還為當時的事向我道歉。」

「所以整整隔了四年！」

敦子學姊叫了起來，光流學姊莞爾一笑，再度看著所有人說：

「我不是演圭司和桃花的媽媽嗎？無論在練習時還是正式錄音的時候，我都想到自己的媽媽，我很慶幸能夠演這個角色，也希望像我一樣，和父母之間有誤解的人能夠聽這部廣播短劇……雖然我不太會說，但我覺得不必在意這則選評。」

我只能點頭。很慶幸光流學姊能夠藉由〈圈外〉和她媽媽澄清誤會，但更慶幸得知光流學姊帶著怎樣的心情面對這部作品和角色。

雖然之前都一直在談去東京的事，但三年級的學姊也都很嚴肅面對〈圈外〉這部作品。

「如果只是文字上的解決方法，許多人在幾十年前就已經知道了。」

月村社長開了口。

「為了消除霸凌，加害者不可以踐踏別人的尊嚴，必須想像對方的心情，尊重對方的感受。周圍的人不能對霸凌視而不見。被害人要找值得信任的人商量，也可以逃離遭受霸凌的環境……雖然說起來很簡單，但很少有人付諸行動，所以始終無法消除霸凌，但是，我可以斷言，〈圈外〉是一個描寫有人真正付諸行動的故事，宮本，這真的是一個很出色的故事。」

也許負面的選評也未必都是負面影響。

「不管怎麼說，都得了第二名，這樣就夠了。」白井學姊說，她說話的語氣也沒有平時那麼嚴厲，「因為大部分評審都覺得很好看，所以才會打出高分，不是嗎？至於選評最後的部分，有些評審就喜歡挑剔其他評審都叫好的作品，想要表現出只有自己才具有看透本質的眼光，然後自以為是地寫一些根本偏離重點的意見。」

白井學姊還是老樣子，總是會對某個人很嚴厲。

「是啊，還有比〈圈外〉更慘的。」

見。

敦子學姊也表示同意。這是多久以來，她們第一次有相同的意見？我也贊成她們的意見。

評審雖然稱讚〈任務〉陰錯陽差的劇情，但對最後的爆炸有負面的評價。雖然稱讚了〈模擬告白〉的劇情幽默，但批評了從吊橋跌落的部分。

「我雖然沒有去觀賞廣播短劇的項目，但這些評語聽起來都很無聊。」

高材生學長剛才可能在看紀實類別的評語，所以邊操作手機邊說。

「怎麼都是一些刻板的意見？難道他們是ＪＢＫ嗎？」

橄欖球學長回答，用力伸了懶腰。

「就是ＪＢＫ啊。」

高材生學長捶了橄欖球學長的側腹。他們兩個人好像在說相聲，讓人忍不住笑了起來，但我不由得再次體會到，Ｊ賽的Ｊ是國營電視台ＪＢＫ的Ｊ。

所以無論爆炸和跌落都不行。

「對第一名〈謝謝〉的評語說，這部作品就像是傳遞羈絆的接力賽。」

橄欖球學長特別強調了「羈絆」這兩個字。原來是這樣。大家都無奈地嘆著氣。我也跟著嘆氣，但我和大家失望的點應該不一樣。

不要輕易使用接力賽這種比喻。

之後，每個人拿著自己的手機，也看了其他項目的選評。

評審對針電視紀實節目〈請享用番茄餅乾〉認為，學生在企畫會議中，應該會有意見衝突的場景。

「但就是沒有衝突啊，有什麼辦法？烹飪社的六名成員雖然都寫了富有創意的企畫書，在溝通時也都很尊重彼此的意見，汲取了彼此企畫中的優點，難道要我們造假嗎？」

白井學姊情緒很激動，很擔心她的頭頂會冒煙。

「好了好了，妳不要激動，不必理會那些牛頭不對馬嘴的意見，來認真研究一下那些中肯的意見，像是可以再詳細報告一下番茄餅乾的味道。」

橄欖球學長安慰道。

「我們的確太強調營養的問題了。」

高材生學長也點了點頭，白井學姊雖然還想抱怨什麼，但最後嘟著嘴，什麼也沒說。

接著是紀實廣播項目。評審對〈鐵捲門重新拉起的日子〉的評語是——雖然是以地方城鎮重生為主題，但太缺乏地方色彩，切入點也缺乏新鮮感。

「他們的意思是，和菓子店的招牌商品應該是八橋餅或是紅葉饅頭，不是黑豆的產地就不能做黑豆大福嗎？」

白井學姊再度情緒激動起來。

「這個意見很中肯，目前這個主題，即使是十年前某所高中來拍也沒問題，而且既然黑豆大福能夠讓那家店又重新開張營業，就應該更深入描寫製造這個商品的過程，以及本地人對大福的喜愛。」

白井學姊聽了高材生學長的意見，小聲嘀咕說：「是沒錯啦。」

無論是紀實電視還是紀實廣播項目，都對旁白的評價很高。

翠理學姊負責旁白，但即使受到稱讚，她也完全沒有高興的樣子。播報項目的比賽結果似乎對她造成很大的打擊。

評審在翠理學姊的發聲、表達能力和節奏等技術方面給了高分，但在文稿的題材挑選上給予了嚴厲的意見。

『在眾多關於社群網站的題材中，並沒有任何突出的內容。』

好嚴格。除此以外，不知道該說什麼，但除了個人講評部分以外，在總結的部分也提到『自去年以來，今年也有參賽者以社群網站作為題材』，看了所有講評後，發現很多人的評語都和翠理學姊差不多。

「最後是電視短劇項目。」

大家都不知道該如何鼓勵翠理學姊，氣氛有點尷尬時，敦子學姊用開朗的聲音說。

即使沒有進入決賽的作品，也會按照報名的順序，有一行左右的簡單講評，只是沒有名次和分數。

『故事有既視感，演技很出色。』

只有這兩句話而已，但沒有人抱怨，敦子學姊對後半部分感到很滿意。

「我想可能搞錯了。」

月村社長幽幽地說，大家都看著她，不知道她在說哪一件事。

「以前學長姊告訴我，如果看或聽以前的得獎作品，就會意識到那些作品，製作出相似的作品，或是直接把受到評審好評的要素放進自己的作品，在某種程度上受到影響，所以最好不要看、不要聽。我一直相信這種說法，但現在覺得視聽以前的作品或許是最重要的事，我當然不是在責怪那些學長姊……」

我也能理解社長說的話，雖然我不知道社長是看到播報項目的總結中那句「繼去年以來」而受到了啟發，還是之前就有這種想法。

沒有人反駁月村社長的意見。

「是啊，即使不看過去的作品，也會看到電視和電影等作品，既然這樣，還不如積極看以前的得獎作品，好好研究一番。」

聽白井學姊說話的語氣，似乎她之前就這麼認為。

「如果A作品得了獎，那就要製作出比A優秀的作品，但並不是在A的基礎上加料，而是要挑戰其他學院也沒有做過的新事物。」

高材生學長看著我們一年級說。

「我也可以提一個意見嗎？」

正也舉起一隻手。

「請說。」高材生學長對他說。

「我認為除了J賽的得獎作品和應徵作品以外，大家應該多聽廣播，除了廣播劇，廣告也有很多和電視不同的創意，對編劇工作很有幫助，還可以用手機和電腦聽各個地方電台的節目，我相信對製作紀實節目也很有幫助。」

學長姊聽了正也的發言後熱烈鼓掌，雖然有一半是在調侃他，但我覺得慢慢拉近了各個學級之間的隔閡。

我以為大家會興致勃勃開始討論明年的作品，沒想到橄欖球學長從腳邊的紙袋拿出兩本冊子。

「因為想要製作 Polo衫，所以我去向體育社團借了型錄。」

「太好了！應該可以趕在J賽前完成吧？」

敦子學姊興奮地說。

「顏色和圖案要以二年級和一年級的意見為優先。」

白井學姊半開玩笑地叮嚀。

「喂，一年級！」

聽到橄欖球學長的叫聲，我們走向桌子，但我猛然停下了腳步。在Polo衫完成時，我還在廣播社嗎？

星期五一到學院，木崎迫不及待地走到我的座位旁。啊！我立刻想到了她來找我的理由，對她合起雙手說：

「對不起！妳要問我參加球技比賽的事，對不對？」

「原來你還記得。」

木崎對我露齒一笑。太好了，她沒有生氣。

「對不起，我可以在旁邊看嗎？因為我在八月之前不能運動。」

應該不需要告訴她，我準備去動手術的事。

「聽說你在放榜那一天發生了車禍？而且到目前仍然沒有抓到肇事者，真是太衰了。我知道了！」

雖然有沒有抓到肇事者不關她的事，但請民眾提供目擊情報的看板至今仍然掛在發生車禍的路口，所以她也知道這件事。

我雖然對木崎的印象不好，但直接交談之後，發現她很開朗直率。

「對了，町田，你沒有玩LAND嗎？」

「嗯，因為覺得很麻煩。」

「我們班上只有你沒有在玩LAND。」

她笑著對我說，但我覺得話中有刺。並不是只有我一個人。

「而且大家都覺得你每天午休就馬上離開教室很不合群，所以對你有不少意見，我覺得你最好趕快加入，以免大家繼續說你的壞話。」

是嗎？原來大家都在說我的壞話。這個傢伙笑著對我說這些充滿惡意的消息，我為自己剛才閃過稱讚她的念頭感到後悔。

「你應該有智慧型手機吧？」

雖然我不想理她，但也想不到逃避的方法。

「我們班上應該並不是只有我一個人沒有加入LAND。」

我一臉嚴肅地說。

「太奇怪了，還有誰？」

說久米壞話的人，不可能沒有發現久米不在LAND的班上群組內。

上次是說壞話，接下來要無視她嗎？

「久米也沒有加入。」

我故意用輕鬆的語氣說，避免語氣中帶著責備。

「是嗎？」

木崎不慌不忙，仍然面帶著笑容，走向我一步，突然瞪著我說：

「你和錯亂的關係很不錯嘛，你們該不會在交往？」

「不，我們只是參加同一個社團……」

圭祐，不要怕！雖然我在內心對自己大喝一聲，但看到木崎可怕的表情，我的聲音就有點沙啞，而且也慢慢縮起了身體。

「你也參加了廣播社嗎？就是自己製作廣播劇，讓大家覺得很噁心的那個嗎？太好笑了！」

木崎拍著手，誇張地笑了起來。

這傢伙是怎麼回事？雖然內心深處湧起了怒火，但我也努力安撫自己別理她。

「町田，原來你是那一掛的，難怪會和錯亂合得來，你和她兩個人玩LAND嗎？」

我的視線從她可怕的笑容上移開，看到久米站在門口，一臉不安地看著我們。她的臉上似乎帶著歉意，覺得我因為她的關係受到了攻擊。

久米以後可能又會一個人吃便當，也可能會覺得因為自己的關係，讓別人說廣播社的壞話，所以乾脆退出社團。

但是，久米會希望我袒護她嗎？她是不是不希望把事情鬧大，避免老師通知家長？

不，圭祐，這是你的藉口。

到頭來只有在廣播劇表現神勇，敢於說伸張正義嗎？如果沒有人寫劇本，就什麼都不會說了嗎？

正因為這樣，評審才會在〈圈外〉的講評才會說「解決方法太天真」。那並不是評審不瞭解霸凌的現狀，或許是在瞭解的基礎上，帶著諷刺暗示，反正在現實生活中，根本不可能付諸行動。

戲劇只是理想的世界嗎？那製作這些戲劇到底有什麼意義？圭祐，要把那個世界帶進現實生活！

「我、我沒有和任何人玩LAND，即使我加入LAND，也不會加入這個班級的群組。我才不想加入這種只會嘲笑別人認真投入的事，說別人壞話，排斥別人，為別人取難聽綽號的群組聊天，即使被討厭也無所謂。」

我重重地吐了一口氣。雖然我避免自己太激動，努力讓心情平靜，慢慢說話，但我相信剛才沒有妥協，也沒有迎合，充分表達了自己的想法。

沒想到木崎漲紅了臉。那是生氣的表情，似乎覺得在眾人面前丟了臉。她雙手捂著臉，發出了大哭的聲音。

「町田，你好過分，為什麼要罵我？我只是邀你加入LAND，太過分了……」

我猜想她根本沒有眼淚。因為她口齒流利，聲音響亮，簡直就像在對大家說，各位同學，你們來評評理。

如果不道歉，我可能就會被當成壞人。最好的證明，就是和木崎交情很好的兩個女生跑過來摸著她的背問，妳沒事吧？

「町田，你好過分，趕快道歉啦。」

看吧，我就知道。她們狠狠瞪著我，班上的同學也都看了過來。久米在教室後方低著頭，一動也不動。

早知道隨便敷衍一下就好了。我內心吹起了膽怯風，不，是怕麻煩風。有這種說法嗎？

但是，圭祐，千萬不能道歉。而且你內心雖然還有不滿，但現在也不能說。

「別再鬧了。」

背後傳來一個聲音。我以為在說我，回頭一看，發現說話的人看著木崎。他是坐在前面兩個座位的堀江。我和他一點都不熟，能夠立刻想起他的名字簡直是奇蹟。

「我從剛才就一直在聽你們的對話，木崎，妳說的話太奇怪了，說什麼大家都在說町田的壞話，還說大家都覺得廣播社很噁心。」

這也是我不滿的地方。如果她討厭我，或是對廣播社的印象很差，可以大大方方地說出來，但推到「大家」頭上太狡猾了。

但是，我沒有加入LAND的群組，即使猜想是這麼一回事，但還是忍不住猜疑，搞不好大家真的這麼說。

而且，遇到木崎這種人，即使反問她，大家真的這麼說嗎？她也會若無其事地回答，對啊。

「只有妳和幾個女生在說這種話，如果已讀不回就被當作是同意，那我會退出班上的群組。原本我加入只是為了瞭解有關上課和活動的事宜，我才不願意被有心人利用來攻擊別人。」

堀江自始至終都保持著平靜的語氣，但木崎的肩膀從中途開始顫抖，真的哭了起來，眼淚也從她的指尖滲了出來。

她的兩個好朋友也問著「妳有沒有手帕？」慌忙從裙子口袋裡拿出了手帕。

堀江露出為難的表情看著我，似乎在問我該怎麼辦，但我完全不知道該怎麼和女生打交道。

「大家要不要回自己的座位？開學才三個月，大家可能都忘記了，在班會課前的十分鐘，不是閱讀時間嗎？」

班長像救世主般颯爽現身，她走過來站在我們和木崎之間。

「雖然我覺得應該要道歉，但是町田，你並不想要木崎向你道歉吧？比起有口無心的道歉，日後不再說別人壞話，或是排斥同學更重要，對不對？如果LAND的班級群組中有人寫別人的壞話，我也會退出群組，當然，當面說別人壞話或是不理某個同學也一樣，即使是針對木崎也一樣。木崎，妳能夠接受嗎？」

木崎捂著臉，輕輕點著頭，在兩個好朋友的陪同下走回自己的座位。當她們走過久米面前時，久米似乎不敢呼吸，但木崎完全沒有看久米一眼，久米稍微鬆了一口氣，走回自己的座位。

我是不是該向班長道謝？當我看向班長時，她露出潔白的牙齒對我笑了笑。

「很多人都喜歡看電視劇和動畫，演員、聲優和編劇這些製作的人都有很多粉絲，為什麼努力想要成為製作這些節目的人會被視為宅男、宅女呢？」

如果班長在剛入學不久問我這個問題，我一定會搖頭表示不知道。因為我也被視為宅男，但是，在我現在已經認真參與過兩部作品的製作工作，我覺得可以有不同的回答，雖然我沒有自信可以充分表達自己的想法。

「這些人真的讓人覺得毛毛的。因為大部分人雖然喜歡電視劇或是動畫，但應該認為那是和自己不同世界的人製作出來的，結果發現那種人就在自己的周遭，尤其看到自己看不起的傢伙想要進入那個世界，搖頭覺得他們在做一些無腦的事也很正常，可能就像是看到有人撐開雨傘，從屋頂上跳下來的那種感覺吧。」

「原來是這樣。」班長聽了我笨拙的說明後，一臉認真的表情點了點頭，一旁的堀江也點著頭。我又繼續說了下去。

「但是，從屋頂上跳下去的人相信自己真的可以做到，如果在意周圍的眼光，就會一事無成，在他們眼中，只要可以前往自己嚮往的世界，當宅男宅女又何妨！」

在我的腦海中，現在的正也正準備展翅高飛。即使沒有負面的意思，我為自己落落大方地說他是「宅男」，在心裡輕聲向他道歉。

「當宅男宅女又何妨嗎？我哥哥也這麼說，看來根本不需要我幫腔，我記得進入Ｊ賽的作品會在文化祭時上演，我很期待，就這樣囉。」

班長向我揮了揮手，走回最前排中間的座位。她挺直的背影太瀟灑了。

「小田真帥氣。」

堀江也一臉陶醉地看著她的背影。你也很帥氣啊。雖然我這麼想，但太害羞了，無法說出口。

我更在意班長的名字。

「小田的哥哥該不會是……？」

「聽說好像是聲優，我向來不看動畫，所以不太清楚。」

堀江似乎對這方面沒什麼興趣，我也只知道名字而已，但有人很迷他……

我猛然回頭看向久米，想要告訴她這個重大發現，但她露出驚訝的表情低下了頭。對喔，久米並不知道我和堀江聊天的話題已經變成了小田祐輔。

我深深嘆了一口氣，回到了自己的座位。我覺得自己做出了很有勇氣的行為，這樣很好。這種安心佔了九成，剩下的一成有點擔心造成了久米的困擾，這是後悔嗎？

原本期待久米會在吃午餐時對我說什麼，但久米並沒有來逃生梯。

正也看到久米沒有出現，忍不住為她擔心，我告訴他說，因為班長小田找她，雖然不知道班長為什麼找她，但可能邀她一起吃便當。

我告訴正也，小田的哥哥就是青海廣播社的學長，聲優小田祐輔，正也興奮地叫了起來：「那久米不是開心死了！」

希望如此，但我更想知道久米對我有什麼想法。她對我在全班面前袒護她感到很困擾，還是有一點高興？

如果不和我們一起吃便當也沒關係，但至少可以打一聲招呼啊。

我並不是期待她向我道謝，只是心裡有點小疙瘩。這種心情就像是證明了我希望得到回報，讓我發現自己的小心眼，忍不住更加重重地嘆氣。

但我並不打算把教室內發生的事告訴正也，現在終於能夠瞭解正也默默寫下〈圈外〉劇本的心情。

「我們明天開始，要不要也在教室吃飯？」

正也用手背擦著額頭上的汗水。這麼熱的天氣，在逃生梯吃飯的確稱不上舒適。

七月之後，教室都會開冷氣，而且已經開始期末考，午休時快速吃完便當，剩下的時間用來復習功課比較好。

「正也，你在班上有朋友嗎？」

我不經意地問。

「有啊，有相互借書和漫畫的朋友，班上的男生也在LAND上建立了一個群組……」

正也說到這裡，倒吸了一口氣，閉上了嘴。

「沒關係，雖然我沒有加入LAND，但我在班上也有朋友，像是堀江。」

我笑著掩飾，同時覺得眼前的正也正慢慢遠離。

進入期末考試期間，放學後不再去播音室後，幾乎沒有機會見到正也。即使偶爾在走廊上遇到，也只是簡短地聊幾句「復習好了嗎？」「搞不好很危險」而已。

二年級的學長姊知道我們經常去補習，所以就免除了我們在午休時間播放音樂的值日生工作。

我和久米甚至沒有好好打招呼。木崎雖然有點不自在，但還是和久米討論了球技比賽的事。我在球技比賽時擔任裁判和記分員。

我並沒有退出廣播社，只是為參加比賽的製作節目工作已經告一段落。我再次深刻體會到，我和正也、久米是因為製作作品而團結在一起，這種內心失落空虛的感覺並不是第一次，雖然我一度心灰意冷地認為，以後再也無法體會這種心情了……

比以前更長時間留在教室後，和班上的男生，尤其和堀江聊天的機會增加了。我們現在叫對方時都直接叫名字，堀江在中學時參加了網球社，進高中後參加了橄欖球社。他似乎覺得在以後的人生中可以隨時重拾網球，所以想試試只有現在有機會挑戰的新事物。

班上有不少同學像堀江一樣，進了高中之後加入了新的社團活動。在三年級退出社團之前，一年級新生，尤其是以前沒有經驗的人沒辦法使用球場，有些人摩拳擦掌，等待暑假結束之後可以正式參與社團活動，也有人想回頭加入以前中學參加過的社團，甚至有人說要在暑假期間做決定，這是最後的機會。

但在最後一天考完之後，大家都迫不及待地衝向各自社團的活動室。

我也走去廣播室。因為要告訴大家，我要去動手術，所以無法參加暑假期間的活動。

暑假期間，雖然不參加社團活動，但一年級學生都要參加七月底之前的暑期輔導，所以我還是每天去學院。今天要接受本地報社的採訪，所以在輔導課結束後走去播音室。

除了會前往東京的五名學姊以外，廣播社所有人都一起接受了採訪。雖然正也緊張地說，他沒有做好心理準備，但我沒那麼緊張。因為之前中學時，在驛站接力賽的縣賽之前，也曾經接受過採訪。我既不是王牌選手，也不是隊長，當時只是表達了自己的鬥志。那次採訪至今，還不到一年的時間，讓我有一種不可思議的感覺。

走進播音室裡面的房間，發現桌子收了起來，和出席人數相同數量的鐵管椅圍成了一圈，大家按照學年的順序坐了下來。顧問的秋山老師當然也出席了。

報社的記者就是之前採訪驛站接力賽的那個人，在和我對上眼時，微微偏著頭。記者每天會遇到各式各樣的人，會記得我嗎？雖然我這麼想，但記者並沒有對我說什麼，採訪就開始了。

首先採訪關於〈圈外〉這部作品。月村社長說明了製作過程，之後的問題都集中在正也身上。記者似乎對一年級的學生在短短三天就寫完劇本這件事很有興趣。

正也一開始雖然很緊張，但雙眼漸漸發亮，充滿熱情地談論了對廣播劇的熱愛，記者忍不住說「謝謝」，委婉地制止了他。但是，記者接下來的問題讓我忍不住皺起了眉頭。

「請問你是不是想透過這部廣播短劇傳達什麼？」

這是很常見的問題，每次電視上有新的連續劇開拍時，主要演員也都會被問到相同的問題。

「我認為這不該由製作者說出來，而是要由每一位聽眾去感受，所以我無法回答。雖然我有想要傳達的想法，但這並非強制，如果聽眾沒有感受到，就代表我能力不足，我會在下一部作品中繼續努力傳達。」

正也的回答應該並不符合記者的期待。

我希望透過這部廣播短劇，呼籲大家一起攜手杜絕使用社群網站霸凌。

如果正也這麼回答，記者或許會用來當作標題，但在久米面前，當然不可能這樣回答，我猜想即使久米不在，正也也會說出相同的回答。

正也說的沒錯，從廣播短劇中接收到什麼訊息是聽眾的自由。

記者又問正也，是不是有人教他怎麼寫劇本，正也回答說，只有麵包店的阿姨曾經向他提供建議。這種令人難以理解的發言讓其他人一臉錯愕。

然後是這個問題。

「你對J賽總決賽有信心嗎？」

三年級的學姊都低下了頭，現場的氣氛有點尷尬。正也抬起頭，挺起胸膛說：

「大家齊心協力，盡了最大努力完成了〈圈外〉，接下來就默默守護，看它能夠飛到哪裡。」

沒錯，沒錯。我用力點頭。無論身在何處，對〈圈外〉在比賽中會有什麼結果的期待心情都不會改變。

記者接著又問了秋山老師。

「我相信能夠進入全國比賽，顧問老師的指導也很重要，請問妳在指導時，注重在哪方面？」

記者面帶笑容地問，所有社團成員，尤其是學長姊的面色很凝重。秋山老師緩緩巡視所有人後才開了口。

「各位同學，恭喜你們進軍了全國比賽，同時，我要向大家說聲對不起。」

秋山老師說完，才轉身面對記者。

「我什麼都沒做。我去年才剛當老師，今年是第一年當班導師，身心都沒有任何餘裕，幾乎沒有時間來參加社團活動……不，是因為連續進入全國比賽的壓力幾乎把我壓垮，所以我在無意識中為自己準備了這些藉口。」

廣播社的所有人都目瞪口呆，我也露出了相同的表情。也許是因為我們認定大人都是不會道歉的動物。

但是，記者並沒有驚訝。

「所以從企畫到製作，都是學生自己動手，完全沒有借助老師的協助嗎？我覺得很了不起。雖然可能不該這麼說，但有些學院幾乎變成了老師的發表會。」

即使受到稱讚，秋山老師也只是滿臉歉意地鞠躬。我並不會覺得這樣的老師很靠不住。

記者再度針對學生進行採訪，在三年級的學姊表達了抱負之後，記者看著我問：

「你以前在三崎中學的田徑社吧？」

「對。」我明明沒有緊張，但回答時聲音有點分岔。

「你之前在驛站接力賽上那麼活躍，為什麼在高中選擇了廣播社？」

記者笑著問我。我握緊放在腿上的拳頭，手心冒著汗，汗水幾乎快滴下來了。我到底該怎麼回答？

「是我硬挖角進來的，因為我對他的聲音一見鍾情，不，是一聽鍾情。」

正也回答。他比剛才自己回答記者問題時的聲音更加清晰響亮。

「是嗎？原來是聲音。你演哪一個角色？」

「主角。」

我用幾乎聽不到的聲音回答。

「太厲害了，那個聲音的確很悅耳，雖然之前驛站接力賽時以十幾秒的些微之差，和進入全國比賽擦身而過，沒想到你這麼快就在新的領域報了一箭之仇。」

「嗯，是啊……」

即使我完全不這麼認為，還是含糊地這麼回答。我完全沒有完成重大目標的真實感。在所有人都回答了記者的問題後拍紀念照時，我還是把剛做好的Polo衫放在胸前，露出了燦爛的笑容。

上暑期輔導課時，我之所以會看著窗外想，這裡的天氣這麼好，東京竟然在下雨，是因為從昨天開始舉行J賽的總決賽。

我的手機雖然有月村社長的電話，但是只有加入三年級學姊在LAND上群組的正也知道總決賽的狀況，會來通知我。

暑假期間不會有上下課的鈴聲，老師會看時間下課，九點十五分一到，正也就衝進了我們教室。

「喂喂喂，我們還沒有下課。」

即使挨了老師的罵，正也也語氣開朗地回答：「對不起！」他看起來很興奮。教室內氣氛已經鬆懈，很難再專心上課，原本還想多教一題的老師也只好下課。

「發生什麼事了？」

我在問來到我面前的正也時，故意微微皺起眉頭，藉此向周圍的同學表示，不好意思，我朋友打斷了老師上課。

「太厲害了，超厲害。啊，久米，妳也過來，快過來。」

正也向久米招手。

「〈圈外〉進入了準決賽！」

正也激動得滿臉通紅，停頓了一下後，我也驚叫起來：「喔喔！」久米也握著雙手，開心地說：「好厲害！」

總決賽的第一天是半準決賽。昨天上演了進入全國比賽的所有作品，今天早上公佈了進入準決賽的學院名單，所以是在九十八所學院中進入了前二十名。

〈圈外〉在全國受到了肯定……

「我打算去東京。」

正也紅著臉說。

「東、東京？」

他突如其來的這句話，反而讓我清醒過來。久米也露出驚訝的表情。正也從口袋裡拿出一張紙，攤在我們面前。

那是數學期末考試的考卷，沒想到他之前每次都和我一起去補習，我只考到平均分數的六十五分，他考了一百分。

「雖然說了一堆廢話，但還是很想去東京。」

正也把考卷折好後放回了口袋，害羞地點了點頭。

「我和我爸媽約定，只要〈圈外〉在全國比賽中進入下一個階段，我可以在自己最弱的科目考到全年級第一名，他們就會幫我出交通費和住宿費。」

比起〈圈外〉進入準決賽，這件事更讓我感到驚訝。這種約定太難實現了，而且上次三天就寫完劇本，看來正也這傢伙為了達到目的，可以發揮超強的專注力。

「你什麼時候出發？」

久米問。

「我打算搭今天晚上的夜行巴士。」

「但準決賽不是今天嗎？」

「嗯，青海的作品會在上午上演，所以即使我現在去搭新幹線也趕不及了。」

「那……」

那為什麼還要去？我原本想這麼問，但把話吞了下去。我以為他去東京是想看到〈圈外〉在全國比賽中上演時的情況，但既然趕不及，去了東京也沒有意義。然而，一旦說出口，就等於認定〈圈外〉只能到準決賽為止。

正也點了點頭，似乎瞭解所有的一切，然後露齒一笑說：

「我打算明天早上，和學姊一起看準決賽的結果，然後就去決賽的會場。你們知道嗎？半準決賽和準決賽都是在澀谷紀念禮堂舉行。」

我不知道這件事，久米「啊！」了一聲，似乎想到了什麼。

「只有決賽在ＪＢＫ禮堂舉行，現在離那裡又近了一步，我當然要去親眼看一下。」

正也的心似乎已經飛到了東京，不，從寫劇本的那一刻開始，他的心應該隨時和〈圈外〉在一起。

「啊，對不起，我沒有邀你們，因為我直到考試之前，都對成績沒什麼自信。」

正也語帶歉意地說，我和久米同時搖著雙手說：「沒關係，沒關係。」

晚上八點三十分。一走進三崎公車總站的候車室，就看到正也坐在最後一排長椅角落的背影。他穿著廣播社的藍色Polo衫。

我身上也穿著相同的Polo衫。我悄悄地走到正也背後，用力拍了拍他的肩膀。

「哇，哇哇，圭祐，原來是你。」

正也微微站了起來，看到我後鬆了一口氣，我在正也旁邊坐了下來。

「你該不會來送我？」

「我來為你送宵夜，可惜不是可愛的女生親手做的便當，對不起。」

我從放在腿上的背包中拿出紙袋交給正也。

「這是？」

「宵夜當然要吃三明治，對三崎中學的學生來說，三明治當然就要吃學院後面『貓熊麵包店』的三明治。」

「你特地去那裡買的嗎？」

「從家裡騎車過去只要二十分鐘，但以我目前的腿力，的確可以說是特地。」

我對正也露出笑容。我和正也變成好朋友已經四個月，但還不知道彼此的住處。

「謝謝。」正也看著紙袋內，開心地叫了起來：「金平三明治。」

「阿姨要我轉告她的恭喜。」

「她為什麼要恭喜我？」

「採訪的時候，你不是說，麵包店的阿姨指導過你嗎？」

我抱著如果猜錯就抱歉了的心情問麵包店的阿姨，請問妳是指導正也寫劇本的老師嗎？沒想到被我猜中了，我反而嚇了一跳。

「是嗎？謝謝，我原本決定在成為職業編劇之前都不去見老師，但我很希望她知道這次的事，所以就在採訪時鼓起勇氣這麼回答，沒想到記者並沒有提到麵包店那一段內容。現在這樣真是太好了。」

正也再次把三明治的袋子拿到臉前，用力吸了一口氣，才把紙袋折好。

廣播中傳來往東京的巴士已經進站的通知。

我和正也走向往東京的巴士時，看到一輛輕型汽車駛入圓環。車子按著喇叭，在我們身旁停了下來。

久米從副駕駛座上走下來，她也穿著藍色的Polo衫，她向看起來像是她媽媽的人說了聲：「妳去停車場等我一下」，然後向我們走來。

「太好了，趕上了。」

久米把拿在手上的小紙袋交給目瞪口呆的正也。

「這個給你在巴士上吃，啊，町田，也給你一份。」

她把手上拿的另一個紙袋交給我，我和正也看著自己手上的紙袋，溫暖的空氣中飄著甜甜的巧克力味。

「我烤了布朗尼蛋糕。」

久米有點害羞地說。

「妳特地……」

正也說到一半，沒有繼續說下去。因為原本可能想說「妳特地為我做蛋糕」，但後來想到久米也送了蛋糕給我。

「因為我想你喜歡巧克力，我沒有試味道，所以沒有自信，但份量那些都是根據食譜做的，所以應該沒問題。」

久米一口氣說道，可能擔心自己一旦覺得害羞就說不出口了。

「謝謝。」

正也似乎被久米的氣勢嚇到了，用指尖抓著鼻頭，小聲地道謝。不，他可能只是害羞而已。

雖然我只是沾光，但也向久米道了謝，但比正也更小聲。即使不是情人節，收到女生送的巧克力竟然讓人這麼緊張，我相信自己的臉也紅了。

久米也慢慢像平時一樣低下了頭，但她立刻抬起頭，把長長的瀏海撥到左右兩側。

「有一件事，我一直覺得必須說出來。」

久米直視著正也。

「宮本，謝謝你寫這個劇本。最初覺得你是為我寫這個劇本時很丟臉，也覺得自己很沒用，所以什麼都不敢說，但在製作廣播短劇的過程中，還是覺得必須向你表達感謝。在作品完成，聽了幾次之後，我又覺得可能並不是為我而寫的，雖然我成為你寫劇本的契機，但我覺得你並不是為了拯救個人，而是你基於內心的正義感，寫給所有在社群網站中受到霸凌所苦的人。這麼一想，就覺得我向你道謝有點自作多情，當時很煩惱，不知道到底該怎麼辦，但如果和其他的話一起說，應該就沒問題……」

「其他的話？」

正也可能在聽久米說話時忘了呼吸，所以說話的聲音有點沙啞。

「恭喜〈圈外〉進入準決賽，還有，你去東京，去JBK禮堂的路上請小心……就是這句話。」

久米似乎很害羞，但她始終抬著頭。通常道謝時，鞠躬更有誠意，但很容易低頭的久米能夠直視著正也說這些話，更能夠表達她的勇氣和決心。

「謝、謝謝。」

正也說完這句話，用新的Polo衫袖子擦著臉上冒出來的汗。汗水中也有淚水。

「正也，你至少該帶條毛巾吧。」

我從自己的背包裡拿出毛巾，掛在正也的脖子上。

「別擔心，這條毛巾我還沒用過。」

我開著玩笑，為正也擦汗時，和久米對上了眼。

「町田，也謝謝你之前為我挺身而出。」

她冷不防這麼對我說。我沒有想到她也會向我道謝，呆若木雞地看著她。

「為妳挺身而出？」

正在擦汗的正也抬起頭。我還沒有告訴他之前班上發生的事。雖然是久米提起這件事，但我該如何說明？

「班上討厭我的女生邀町田加入LAND的群組，町田在全班面前說，他不會加入說別人壞話的群組。」

久米用明確的語氣回答了正也的問題，正也露出佩服的眼神看著我。

這不是什麼丟臉的事，我整張臉都冒著汗，讓我很想開玩笑對正也說，把毛巾還給我，但也許我該嚴肅地把目前的想法說出來。

「是因為你寫了〈圈外〉的關係，我覺得從廣播短劇中所接收到的訊息，不能只停留在廣播短劇中。雖然這句話聽起來很矯情，但是廣播短劇推了我一把，這是故事的力量。」

我直視著正也說。正也的鼻子抽搐了幾下，淚水突然湧現，然後用力抱住了我。

「等、等一下。」

我有點不知所措，但覺得這樣也無妨，輕輕拍著他的背。滲進我肩膀的淚水是全力以赴、努力打拚的人才會流下的淚水。

雖然我覺得自己有點不夠資格承接這樣的淚水，但回想起來，之前在驛站接力賽的區域選拔賽中獲得優勝時，所有隊員都摟著彼此的肩膀放聲大哭。

我的淚水也在眼眶中打轉。我流淚應該也無妨。

這時，聽到了拍照的聲音。正也和我同時看向聲音的方向，發現久米拿著手機。

「對、對不起，因為我覺得這個畫面太美，就忍不住……」

我和正也同時鬆開了抱著對方身體的手，淚水也縮了回去。

「久米，這是妳媽媽的手機嗎？」

正也驚慌失措的同時問道。

「不是，這是我自己的。」

「啊！」我們兩個人同時叫了起來，看著久米手上的手機。最新型的機種背面光滑閃亮，完全沒有一點刮痕。

「今天上完暑期輔導課之後去買的。」

「妳、沒問題嗎？」我問。

「因為還有點緊張，我想我不會加入LAND，但我很想直接聽宮本告訴我〈圈外〉進入準決賽之後的結果，所以去買了手機。我媽聽到我要手機，顯得很高興。說起來很奇怪，通常小孩子要手機，父母都會面露難色，我們家的人卻好像覺得我邁向了下一步。」

邁向了下一步……我看著此刻的久米，也有相同的感覺。不光是有手機這件事，還有她終於能夠抬起頭，看著別人的眼睛說話了。

「我會馬上通知妳。」

正也語帶興奮地說完，從背包裡拿出自己的手機。我也拿出手機，和久米互留了電話。

廣播中傳來往東京的巴士即將發車的通知，雖然是非假日，但在車外也可以看到車上的座位坐滿了九成。

最後，我們決定用久米的新手機，站在巴士車門旁「往東京」的牌子拍一張紀念照。車站人員剛好過來確認人數，我們就請他為我們拍照。

「你們是參加同一個社團的好朋友嗎？真青春啊，好，笑一個！」

不知道是否因為車站人員說的這句話太動聽，我們三個人都露出了至今為止最燦爛的笑容。

正也上了車，巴士離開了，坐在最後一排的他向我們揮手。我和久米也一直揮手，直到巴士消失。

希望正也能夠去ＪＢＫ禮堂。不，一定可以去——

終章

暑假的最後一天。傍晚，我踏進了已經有一個月沒有來過的學院。我能夠坐在可以看到整個大操場的本館前長椅上，看著正在訓練的田徑隊，是因為我的手術成功，之後的復原情況也很理想嗎？

這一個星期以來，我每天早上都在住家附近的公園周圍跑步。整個路程大約三公里，起初經常用走的，現在已經慢慢能夠持續跑完全程了。

雖然速度和以前參加田徑社時無法相比，但我為自己能夠再度奔跑感到高興。

然後，內心也因此產生了新的想法……

「讓你久等了。」

背後傳來一個聲音，回頭一看，山岸良太站在那裡。我記得以前的他高瘦白淨，但因為每天的訓練，再加上曬得黝黑的關係，看起來比以前強壯多了。

「不好意思，在你訓練很累的時候約你。」

我騰出長椅上的空位，良太重重地在我身旁坐了下來。

「你找我，我很高興啊，因為我們都沒有好好聊過，難以想像我們讀同一所學院，而且你連動手術的事也沒告訴我。」

良太微微嘟起了嘴。因為我昨晚已經傳訊息給他，告訴他我的腿目前的狀況，他才會表現出這種態度。因為他終於放了心，所以為我事後才告訴他這件事鬧彆扭。

「要怎麼說，這是意外驚喜。原本很想在運動會之前都完全不說，然後讓你突然看到我在場上奔跑。」

雖然我現在開著玩笑，但在手術前還是感到極度不安。即使我無法再跑，也已經找到了自己的容身之地也一樣，現在能夠這樣輕描淡寫地談這件事，對我來說仍然像是奇蹟。

但是，你有什麼好哭的？我看著良太啜泣的樣子，忍不住在內心嘀咕。

「我說圭祐，我們還可以一起跑嗎？」

良太看著操場對我說。夕陽映照的操場上，只有棒球隊的幾個人在整理球場，三百公尺的跑道看起來比平時更大。

「第一學期結束時，原島老師曾經問我要不要加入田徑社。」

「那就……！」

良太雙眼發亮看著我。

「我打算明天去找老師，但是在那之前，我有事情要告訴你。」

「什麼事？隨便你說什麼都沒問題。」

良太的眼中沒有絲毫陰影，似乎深信我說的是好事，但我不知道接下來要說的事對良太產生正面還是負面的影響。

沒錯，我接下來要說的是關於良太的事，雖然良太可能以為我要說自己的事。

我今天來到這裡，已經下定決心要告訴良太當時的真相。

「我見到了田中和田中的爸爸。」

我看著良太的眼睛開了口——

那是我去縣立醫院住院，準備接受手術的第一天。媽媽辦理住院手續時，我坐在入口大廳的等候室等待時，看到一張熟面孔經過眼前。

——田中！

我在叫了對方後，才後悔是否有必要叫住他。在醫院見到熟人並不是好事，因為不是對方，就是對方認識的人生病了。

尤其去年聽說田中的爸爸得了癌症，村岡老師也是因為這個原因捨棄了良太，讓田中參加驛站接力賽。

田中很有精神地轉頭看向我。

——町田學長，好久不見。

田中邁著輕快的步伐走了過來，手上拎著市內知名蛋糕店的紙袋。一看就知道他來探視病人。探視誰？一定是他爸爸。

——全國中學體育大會的情況怎麼樣？

我問了和醫院完全無關的事。

——我在縣賽的三千公尺得到第六名！啊……

他精神抖擻地回答後，低頭看著我的腿。田徑社的人都知道我出車禍的事嗎？

——好厲害，恭喜你。接下來就是驛站接力賽了。

我努力用開朗的語氣說，同時也對他的進步感到驚訝。

——喂，勇樹！

這時，服務台那裡傳來一個粗獷的聲音。田中轉過頭。

——在西棟的五樓。你遇到朋友了嗎？那我先過去囉。

那個大叔在遠處大聲對田中說完，就走向電梯廳的方向。

——對不起，我爸很吵。我表姊生了孩子，我們來看她，但這個醫院太大了，所以找不到她的病房。

田中不光是對我說，好像也同時在向周圍的人解釋。比起田中來醫院的理由，我為其他的事鬆了一口氣。

——你爸爸身體好了嗎？真是太好了。

雖然也許不能從外表判斷，但我還是忍不住這麼對他說。

——啊，學長，你該不會知道我爸爸去年得了癌症的事？

田中驚訝地問。

——不，我也是聽別人說的，詳細情況也不是很清楚，只知道當時似乎有點辛苦……

——沒想到讓學長擔心了。我爸爸在公司的健康檢查時早期發現，所以在暑假時動了內視鏡手術，一個星期左右就出院了，甚至沒有請年假在家休息。你剛才也看到了，他身體根本有點太好了。

——村岡老師知道……？

——因為村岡老師是班導師，所以當時向他報告了這件事。

良太聽了我的話之後忍不住皺起眉頭。良太向來不會把內心的想法表現在臉上，但我也可以感受到他內心的困惑。

這是理所當然的事。因為村岡老師之前對良太說，田中的爸爸正在抗癌，希望可以讓田中爸爸看到田中出色的表現、在運動場上努力的身影，所以沒有讓良太參加驛站接力賽，但現在田中親口說，他爸爸的病情並不嚴重。

因為田中的爸爸身體恢復了，所以田中談到他爸爸時也很開朗，雖然是癌症初期，但他當然會感到擔心。如果當時剛好有比賽，的確可能會帶著許願的心情去挑戰，在班導師兼顧問老師面前吐露這種不安也很正常，只不過田中爸爸在暑假時就已經動完了手術。

「你是不是納悶到底是怎麼回事？」

良太聽我這麼說，默默點了點頭。

「我聽了之後，也很想馬上確認是怎麼回事，只不過我還在住院，即使有這麼在意的事，對當時的我來說，自己的腿的問題更重要。」

「那當然。」

「所以我在出院之後才採取行動。」

「你該不會去找村岡老師？」

良太驚訝地瞪大了細長的眼睛。我有點意外地看著他的表情。既然有在意的事，就去調查清楚，這並不是什麼奇怪的行為。

不，等一下，我之前曾經做過類似的事嗎？良太之前告訴我村岡老師為什麼沒有安排他參加驛站接力賽時，我雖然很生氣，覺得這樣做很奇怪，但並沒有去質問村岡老師，即使曾經有過好幾次機會可以和村岡老師說話。

現在說什麼都沒有用。這是良太的事，我沒理由生氣。這也沒辦法。我當時在自己的腦袋裡設下了一層又一層濾網。

「我的臉皮可能在這一學期變厚了不少。」

因為加入了廣播社的關係。但我暫時把這句話吞了下去。

「但是，我去找村岡老師之前，先去找了另一個人。」

我繼續說了下去。

村岡老師顯然對良太說了謊，但老師一定有什麼原因，才會這麼做。這並不是可以隨口說的謊，既然村岡老師下定決心要說這個謊，即使我就這樣跑去找他，他也不會輕易告訴我。

是不是有其他人知道這件事？哪怕只有提示也好。據我所知，村岡老師只會對一個人無話不說，雖然我猜想老師也沒有告訴那個人……

「誰啊？」

良太探出身體問。我太故弄玄虛了。

「就是原島老師。聽說他和村岡老師從中學到大學，都是田徑社長的學長和學弟。」

「我知道，他經常說我不管是跑步姿勢和性格都和村岡完全一樣，而且，原島老師還……不，算了。」

良太沒有繼續說下去，是否顧慮到我還沒有說要不要加入田徑社？

「是不是說我很像他？他也這麼對我說了，我很榮幸。我上網搜尋了影片，找到了他之前參加亞運會時的影片。」

「我也看過那個影片，雖然現在也有很多女生喜歡他，但以前比較瘦，看起來更帥。」

原島老師雖然沒有參加過奧運，但在大學畢業後，曾經是某個在田徑方面很有名的企業集團旗下的運動員，曾經身為日本代表多次參加世界比賽，他在三十歲時引退，回到母院青海學院擔任體育老師。

但是，我在網路上找不到村岡老師的影片，只能找到幾筆名字相符的文字資料。

離題了。我告訴良太，我在出院之後去找原島老師的事。

我去老師辦公室，準備把醫院開具的傷病報師交給班導師，發現原島老師也在三年級老師的那個區域，他坐在筆電前，我不知道可不可以走過去，有點緊張地在不遠處向他打了招呼。他立刻發現了我，走到我面前。

——手術的情況怎麼樣？

我告訴他，手術很順利，術後的恢復情況也很理想。

——所以你就馬上來找我，想要加入田徑社嗎？

——不是。對不起，今天想請教老師一個問題。

我就像犯了錯被老師叫到辦公室一樣，說話的聲音也變小了。

——是祕密嗎？那我們換一個地方。

原島老師把我帶到升學指導室。升學指導室內用隔板隔成很多小房間，方便老師和學生個別談話，原島老師還倒了可能是為家長還是合作業者準備的冰麥茶給我喝。

——你要問我什麼？

老師沒有和我閒聊，直截了當地問我。我也不再繞圈子，問了最想知道的事。

——請問在中學最後一次驛站接力賽縣賽時，村岡老師為什麼不讓山岸良太參加？

——那是因為……

原島先生毫不猶豫地說出了答案。

「老師說什麼？」

良太目不轉睛地看著我。

「答案很簡單，我甚至有點難以相信你竟然到現在還不知道，原島老師對我不知道這件事，而且你也竟然在不知道這件事的情況下進入這所學院感到很驚訝。」

沒有讓良太上場的原因和田中的爸爸生病完全沒有關係。在知道答案之後，甚至很納悶為什麼當初沒有想到這一點，輕易相信了村岡老師對良太說的謊……

「趕快告訴我。」

良太的語氣有點不耐煩。

這也是理所當然的事。我不能因為瞭解了真相，就在這裡故弄玄虛。我不必杞人憂天地擔心良太得知真相之後會有什麼感想，最好的選擇就是把聽到的事如實告訴他。

「這是你獲得青海學院推甄入學的條件。」

「怎麼可能！」

良太的反應和我對原島老師做出的反應完全一樣。原島老師用很容易理解的方式向我說明了情況。

在招收中學時表現出色的選手時，首先必須考慮到該選手在高中期間是否能夠繼續有活躍的表現。雖然乍看之下，這個條件理所當然，但其實每年都有相當比例的學生在進高中後不久，身體狀況就出了問題。

因此，青海學院要求推甄入學的運動績優生必須提出中學入學之後的傷病報告，良太在三年級的第二學期獲得推甄，因此必須提交二年級膝蓋受傷時的報告和痊癒的證明。

但是，青海學院方面還提出了另一個條件，那就是不可參加全國中學驛站接力賽的縣賽。

「本縣的驛站接力賽路線有連續陡坡，困難指數可以擠入全國前三大，完全沒有平坦的區段，青海學院希望良太入學時，膝蓋的狀態完全沒有問題，才能在高中的田徑社大展身手。」

這就是原島老師告訴我的一切，但是，良太仍然皺著眉頭。

「這種事不是要告訴當事人嗎？」

我一開始也這麼覺得。我猜想青海學院聯絡了三崎中學之後，是因為村岡老師的關係，這件事才沒有傳入良太的耳中，老師為什麼沒有徵求良太的意見？

青海學院方面提出了這樣的條件，你打算怎麼做？

村岡老師一定猜到了良太會怎麼回答。為了確認這件事，我在向原島老師道別後，去了令人懷念的母院三崎中學。

幾乎把人烤焦的酷熱天氣讓人難以想像已是初秋時節，田徑隊的長跑選手步伐整齊地在三崎中學的操場上輕快奔跑。我站在那裡就幾乎快昏倒了，難以想像去年之前，我也曾經和他們一起奔跑。

我在昏倒之前坐在長椅上補充水分，等到心情平靜之後，終於能夠冷靜觀察每個人跑步的姿勢。

並不是只有在縣賽中獲得第六名的田中有進步，我上網查了社團成員的比賽紀錄，發現每個人的成績都比去年大有進步。

也許是在驛站接力賽的縣賽中獲得亞軍的自信和懊惱，讓這些學弟有了這麼大的進步，這個田徑隊簡直就是奇蹟。每次看到那些中年大叔，認為自己大顯身手的時候才是最美好的時光，總是很同情他們，覺得他們活在過去很可悲，沒想到自己竟然也一樣。

在目前的田徑隊中，去年的我甚至可能無法成為正式選手。

正在操場上大聲指導學生的村岡老師發出了休息的指示。

他直直來到我面前，坐在我旁邊。

——聽說你手術很成功。

老師比學生曬得更黑，露出潔白的牙齒笑了笑。

——謝謝老師，聽說你有去醫院。

——我沒想到你這麼快就出院了，原本要送你的哈蜜瓜被我帶回了家，和小孩子一起吃掉了。

——太可惜了……

我笑著回答，一邊思考該如何開口。要直接問，還是拐彎抹角地問？村岡老師的話，用後者的方式比較好。

——老師，你剛進大學的時候，是很受期待的一萬公尺長跑選手吧？

——為什麼突然問這件事？聽說你進了廣播社，你在採訪我嗎？

——不是，啊，對，這是我的採訪。

我坐直了身體，面對村岡老師。

——我以前讀書的時候，網路還沒有這麼普及，看來你是透過其他管道得知我曾經跑過一萬公尺。你也採訪過原島老師嗎？

——對，但我並不是問原島老師本身的事，所以算是一種取材。

——原來是這樣，所以你接下來要問關於我的問題嗎？

——在你可以回答的範圍……

我問老師這一切，是否只是為了滿足自己的好奇心？這種心虛像氣泡般在內心浮現。不，沒必要心虛。這是為了良太，同時也是為了我自己。

——好，那就開始吧。

村岡老師露出爽朗的笑容說道。

——老師，你是從什麼時候開始正式成為驛站接力賽的選手？

——上了高中之後，在中學時是短跑選手，高中田徑隊的顧問老師建議我跑長跑。

——所以你同時參加跑道長跑和驛站接力賽嗎？你在高三的時候，以一萬公尺參加了全國高中運動會，請問你當時的重心在哪一個項目？

——兩者都全力以赴。

——你在大學一年級的新年驛站接力賽中一跑成名，被認為是山路救世主。

——當時的確曾經被這麼捧過。

村岡老師露出自虐的笑容。

——你在二年級時膝蓋受了傷，但是，你在新年驛站接力賽中跑了登山路段，雖然成績不如前一年，但也得到了區段獎，也讓院隊第一次得到了夢寐以求的冠軍，但那次之後，田徑比賽中沒有任何關於你的記錄。請問你在參加驛站接力賽之前，就知道會有這樣的結果，做好了這樣的心理準備嗎？

村岡老師想了一下之後，緩緩開了口。

——圭祐，你也是選手，我相信你能夠瞭解，你說的早知道會有這樣的結果，或是心理準備，通常都是周圍人這麼認為，自己也在事後才發現，或許就是這樣。

我也是選手。我回想起自己在參加驛站接力賽之後接受採訪時的情況，被記者問，是帶著怎樣的心情跑完全程時，的確不知道該怎麼回答。

村岡老師又接著說了下去。

——尤其是十幾歲的時候，滿腦子只想著要在眼前的舞台上全力以赴，贏得比賽是唯一的目標。什麼回應師長的期待，這只是虛應故事，說一些冠冕堂皇的話而已。

我用力點了點頭。

——我當時也只想要贏取眼前那場驛站接力賽，而且隊友也很出色，完全有可能奪冠。雖然有人說，即使今年不行，還有下一次，但我無法認為還有下一次。機會不可能一次又一次出現，一旦錯過眼前的機會，就沒有下一次了。我帶著這種想法全力以赴投入比賽，結果那一次就變成了最後一次。

——你對當初的選擇感到後悔嗎？

我為什麼要問這種好像在挖老師舊傷的問題？如果我身處老師的立場，會有什麼想法？如果有人問我車禍的事，我能夠保持冷靜嗎？

——對不起……

我不敢看老師，立刻向他道歉。並不是打著想要瞭解真相的幌子，就可以隨便亂問。

——喂，喂，你怎麼可以道歉呢？你不是帶著信念，向我瞭解真相嗎？

——但是……

——我超後悔，因為我的大學在之後連續三年都獲得了冠軍，不僅有下一次，還有下下一次。

村岡老師手舞足蹈地笑著說。老師應該是顧慮到我的心情，但我假裝沒有察覺，問了最後一個問題。

「我問村岡老師，所以他為了不讓你參加縣賽不惜說謊嗎？」

良太看著自己的腿，他的腿現在不會再痛了嗎？

「村岡老師怎麼回答？」

「他承認了，他說沒錯，就是這樣。」

「但這不是利用了田中的爸爸嗎？」

「老師去拜託田中的爸爸，希望田中爸爸同意他這麼做，田中爸爸欣然答應。因為田中爸爸以前打過棒球，很瞭解運動選手的心情，而且也瞞著田中，所以在縣賽那一天，學院的遊覽車上不是沒有看到田中的家長嗎？他們自己開車去會場，偷偷聲援田中，然後騙田中說，不小心睡過頭了。」

「竟然做到這種程度……」

良太用力握緊了放在腿上的拳頭。我切身瞭解到，大人過度的關懷照顧，讓人無法發自內心感到高興，而且也同時會為自己一無所知感到很沒出息。

即使這樣，我仍然必須再說一件事。

「村岡老師也和你爸爸套好了招，這也是理所當然的事，因為關係到你升學的事。」

「怎麼會這樣！」

良太驚訝地瞪大眼睛，但立刻嘆了一口氣。

「唉，原來是這樣。那次我明明沒有上場比賽，我爸堅持說要去聲援，我就覺得很奇怪。他在遊覽車上的態度也很奇怪，他可能看我的態度，做好了告訴我真相的心理準備。」

我想起良太鼓勵難過落淚的隊友時，他爸爸用力為他鼓掌。如果我當時知道真相，內心的感慨絕對不輸給他爸爸。

「但我既然已經順利進入了這所學院，幹嘛還瞞著我。」

我沒有爸爸，所以很難想像良太爸爸的心情，如果我身處良太的立場，媽媽會怎麼做？

「他可能在等待下一次，等待你參加全國比賽的那一天。」

「啊，這句話很傷人。因為今年的全國高中綜合運動會，我完全沒希望，在下一次到來之前，我得假裝不知道這件事。」

良太仰望著天空，開心地笑了起來。我已經多久沒有和他一起看通紅的夕陽了。

「良太，如果村岡老師對你說，青海學院提出推甄入學的條件就是你不參加縣賽，所以參加縣賽的名單中沒有你，你會怎麼做？」

「雖然被村岡老師猜中很不甘心，但我應該會說，不去青海也沒關係，以後再也不能跑也沒關係，所以讓我上場比賽，我要和大家一起進軍全國比賽。」

「那你現在怎麼想？」

「我現在仍然很希望那時候能夠進軍全國比賽，但現在能夠在田徑社繼續跑步，我覺得很幸福。」

「太好了。剛才在等你的時候，我還在猶豫到底要不要告訴你這件事。」

「我很慶幸知道了真相，我很感謝村岡老師、田中的爸爸，還有我的父母和你，我很感謝大家。謝謝你們給了我下一次。」

良太直視著我說，我不好意思對他說「不客氣」，站起來用力伸了一個懶腰，就像是釋放了太陽蓄積在體內的熱氣。

「村岡老師為了保護我，不惜放棄自己的功勞。因為就連我也聽到有人抱怨，如果當初讓山岸加入比賽，就不會有那樣的結果了，可見他對自己當初的選擇多麼後悔。」

良太說話的語氣中帶著寂寞。

「村岡老師說，雖然他身為田徑選手，對當初的決定很後悔，但對目前的人生很滿足。」

我在長椅上坐了下來，把向村岡老師採訪的後半段內容也告訴了良太。不，其實是我問完之後，老師自己補充的。

「他說當初得知自己再也無法再回到田徑場上時，覺得自己的世界一片黑暗，完全無法思考以後的事。但是，當時大學的學妹，也就是他的太太很支持他，建議他當老師。他太太當時對他說，雖然你現在可能不願意去想田徑的事，但日後一定還會想要跑，還想做和田徑有關的事，你去擔任學院的社團顧問，一定可以有新的發現和新的快樂。」

「真是好太太。從你的口中說出來，就像在聽廣播節目中的讀者來信，聽起來太舒服了。」

「是嗎？」

我用食指抓了抓鼻頭。

「但是，我們最後還是無法為老師帶來快樂。」

良太語帶歉意地嘆著氣，我用力拍著他的後背，對他的這種想法一笑置之。

「你覺得枉費了我們當時的夢幻隊友嗎？我們太抬舉自己了，你也可以去三崎中學看看，學弟的進步超驚人，田中三千公尺的記錄只比你中學時的最佳記錄多兩秒而已。」

「真的嗎！也許村岡老師當時就已經預見到現在的情況。」

「這是老師的下一次。」

我想像著村岡老師拿著驛站接力賽縣賽冠軍獎盃時的笑容。

「圭祐，你有什麼打算？」

良太一臉認真的表情問我。

「我的事已經說完了吧，村岡老師的事也說完了，接下來是不是該說你的事了？」

「是啊，其實我在動手術之前，就已經決定到底要加入田徑社，還是繼續留在廣播社。」

我把正也搭高速巴士去東京隔天早上發生的事告訴了良太。

Ｊ賽準決賽的結果在隔天上午八點四十分，公佈在ＪＢＫ禮堂的入口。正也六點半抵達了東京車站，前往三年級學姊住宿的飯店，然後一起去看結果。

二十所學院中，只有三所學院能夠進入決賽，門檻一下子拉得很高。

我在八點四十三分收到了正也的訊息。

他的訊息寫著——

『很遺憾，沒有進入決賽。』

『辛苦了，能夠進入準決賽就很了不起了，而且在我心目中，〈圈外〉是日本第一。』

在我回這則訊息時，淚水湧了出來。

不甘心，不甘心，不甘心，不甘心……

正也現在不知道有多不甘心，這種冠冕堂皇的訊息有什麼屁用？

我立刻打電話給正也。

「正也，太可惜了，我很不甘心，那麼優秀的作品，竟然沒有入圍，那些審評都是豬頭……」

『沒錯，圭祐，他們都是豬頭！』

正也大聲叫了起來，我忍不住把手機從耳邊稍微移開，接著聽到他發出一聲低吟，沉默片刻之後，突然哭了起來。他說他衝進了廁所。

我們在電話中說著彼此的不甘心，滿不在乎地說著如果被父母和老師聽到，一定會痛罵我們的話。反正沒有其他人聽到，當然也絕對不會寫在社群網站上，我們只是相互發洩內心的想法。

『謝謝。』

直到正也對我這麼說，我們才終於停止。

「正也，我並不是為你生氣，我是真的很不甘心。雖然你讓我當主角，但我之前一直有一種事不關己的感覺，但是當得知無法進入決賽時，就感到很不甘心。也許我不是漠不關心，而是胸有成竹地認為入圍是理所當然的事。」

「圭祐，難以想像你破口大罵的樣子。」

良太笑著說。

「也許是第一次。其實你當初告訴我村岡老師對你說那些話時，還有縣賽之後，也都想大叫，和你、還有大家一起大叫。」

「是啊，我們明明還沒有長大，卻裝模作樣，也許真的太壓抑自己了，但是，你現在找到了可以和你一起大叫的對象，而且也找到了下一個目標，不是嗎？」

我點頭絕對不是背叛良太、傷害良太的行為，現在我充滿自信地認為，無論我做出怎樣的選擇，良太都會支持我。

「並不是所有的事都已經解決，開拓了一條新的路，更何況肇事逃逸的傢伙也還沒有抓到，但是，我以後也想繼續跑，幸好我的腿也讓我可以邁向下一步，但社團的話，我還想繼續留在廣播社。」

雖然〈圈外〉沒有進入決賽，但進入準決賽的學院可以拿到ＪＢＫ禮堂的優先入場券，所以正也也去看了決賽。

正也和久米一起來醫院看我時，只是一再重複當時的情況「好壯觀」，各個項目進入決賽的作品和製作者齊聚的會場內，充滿了難以用言語形容的熱情。雖然我吐嘈正也說，職業編劇不是應該要用言語來形容這種場面嗎？但我也希望有朝一日能夠去現場感受。

「而且，除了創作戲劇，我還想要認真思考一下表達這件事。用嘴巴說、用筆寫，用手機傳訊息，雖然有很多表達的方法，但我總覺得還有很多重要的事沒有傳達。」

「是啊，你今天向我傳達了重要的事，但其實你來這裡的時候，我就猜到你會選廣播社。」

「啊？為什麼？」

我驚訝地問，良太指著我的胸口說：

「你沒有發現這件Polo衫超吸睛嗎？」

「廣播社的制服是不是超帥？」

我站了起來，雙手扠腰，用力挺起胸膛，好像在炫耀藍色底色上閃亮的白色ＳＢＣ標誌。

完

國家圖書館出版品預行編目資料

廣播社 / 湊佳苗作 ; 王蘊潔譯 . -- 初版 . -- 臺北市 : 臺灣角川 , 2021.02
面 ; 公分 . -- (文學放映所 ; 128)

譯自 : ブロードキャスト
ISBN 978-986-524-211-4(平裝)

861.57 109018816

廣播社

原著名＊ブロードキャスト

作　　者＊湊佳苗
譯　　者＊王蘊潔

2021 年 2 月 5 日　初版第 1 刷發行

發 行 人＊岩崎剛人
總 編 輯＊呂慧君
主　　編＊李維莉
美術設計＊林慧玟
印　　務＊李明修（主任）、張加恩（主任）、張凱棋

台灣角川

發 行 所＊台灣角川股份有限公司
地　　址＊105 台北市光復北路 11 巷 44 號 5 樓
電　　話＊（02）2747-2433
傳　　真＊（02）2747-2558
網　　址＊http://www.kadokawa.com.tw
劃撥帳戶＊台灣角川股份有限公司
劃撥帳號＊ 19487412
法律顧問＊有澤法律事務所
製　　版＊尚騰印刷事業有限公司
I S B N＊978-986-524-211-4